KB141699

걷고 보고 쓰는 일

걷고 보고 쓰는 일

장청옥 강정화 조다희

yeon
doo

차례

걷다

장청옥

일상을 걷다, 길을 돌아보다

인류의 조상인 루시Lucy(오스트랄로피테쿠스 아파렌시스 Australopithecus Afarensis)는 나무타기 선수였다. 루시는 하체보다 상체가 발달했고 수직 운동을 하던 나무에서 평지로 내려와 다소 먼 모험을 감행했다. 그리고 지상을 걷는 모험을 마치고 나무에 올라가 쉬던 중 나무에서 떨어졌다. 사인은 추락사였다. 진화의 방향이 직립 보행으로 향하는 중에 나무에서 떨어졌다는 것이 아이러니하다. 하지만 인류는 나무에서 내려오면서 두 발로 서고 두 손의 자유를 얻게 됐고 이후 300만 년의 긴 진화의 길을 걸었다.

걸을 수 있는 능력을 갖추자마자 쏜살같이 달리는 아이들을 보곤 한다. 사물에 비친 모습에서 '나'를 인식할 나이에 이르면 숨 쉬는 것만큼 자연스럽고 의식하지 못하는 행동이 바로 걷기다. 처음 발바닥으로 땅을 딛고 서서 비틀거리며 한 발을 내딛던 순간. 그것을 기억하는 사람은 없다. 마치 얼어붙은 빙판 위를 한 발 한 발 조심스레 내딛는 심정으로 발을 떼던 순간. 여기에서 저기로 가기 위해 한 발을 떼고, 넘어지지 않기 위해 바로 땅에 발을 내려놓았던, 그리고 다른 한 발을 들어 아슬아슬한 짧은 모험을 감행하던 그 순간. 아이는 곧 자연스럽게 걷기 시작한다. 한 개인으로서 홀로 서고 타인과 거리를 둘 수 있는 능력을 갖추기 시작한다.

두 발로 서고, 앞을 향한 그 위태로운 걸음이 자연스러운 걸음걸이를 갖춘 것을 성취라고 생각하는 사람이 있을까? 아이는 물론, 그 순간의 영상을 기록하며 열광하고 유난스럽게 주변에 자랑하던 부모조차도 그 순간을 잊는다. 프로이트에 따르면 우리 삶의 대부분이 우리가 기억하지 못하는 유년기에 형성된다고 한다. 그 의식하지 못하는 기간의 경험은 개인적이다. 그러나 아이가 성장 발달을 거쳐 기억할 수 있는 나이에 이르려면 먼저 두 발로 서야 한다. 아이는 오랜 시간을 누운 채로 보낸다. 목을 가누게 되면 배밀이를 하며 이동한다. 몸을 세워 앉게 되면 사물을 잡고 서는 과정을 거쳐 엄마의 손을 놓고 걷기에 도달한다.

언어를 배우기 전 아이는 세상을 입 안에 넣어봄으로써 탐색한다. 아이는 손에 잡히는 것을 입으로 가져간다. 아이의 혀는 세상을 맛보고 인식하는 기관이다. 세상을 만져보던 혀는 곧 언어를 다루게 된다. 두 발로 서서 걷기 시작하면 성대가 목구멍으로 내려오면서 소리를 낼 수 있는 기관으로 발달한다. 루소Jean Jacques Rousseau의 말처럼 인간은 말을 하기 전에 우선 '보아야 한다'. 아이는 누워서 봄으로써, 세상을 혀로 맛봄으로써, 걸어서 새로운 풍경을 봄으로써 세상을 인식한다. 그리고 마침내 경험을 언어화하고 언어를 통해 자신의 세계를 구성하게 된다.

아이가 말을 배우는 것은 자연스러워 보이고 당연한 것으로 인식된다. 두 발로 서고 걷는 것과 마찬가지로 중요하지만 일단 걷기 시작하면 충분히 주목받지 못하고 그 의미가 가벼워진다. 혹여 또래 아이들보다 말문을 트는 것이 늦어진 경우에나 근심 어린 관심을 끈다. 그러나 아이가 말을 배우는 과정의 의미는 더 깊고 넓다.

말을 하기 전, 동물과 다를 바 없이 누워 있던 아이는 성장하면서 언어 이전의 세상을 잊는다. (한 개인에게는 태고의 기억이나 마찬가지인 일어서서 언어를 배우기 시작하던 시기는 물론 앞으로도 수많은 경험을 망각의 강에 흘려보낸다.) 꽤 긴 시간을 누워서 주변의 자극들을 받아들인다. 아이가 얻을 수 있는 자극은 주변의 움직이는 자극으로, 주로 부모나 육아를 맡고 있는 어른들로부터 오는 한정적인 것이다. 아이는 움직이는 사람들을 통해 자신의 욕구를 충족시킨다. 자신의 욕구, 심지어 생존을 타인의 처분에 맡겨야 하는 아이가 언어를 갖추고 있다면 얼마나 좋겠는가. 그러나 아이가 두 발로 서고 걷게 될 때까지 발화의 조건을 갖추지 못한다. 언어는 아이의 것이 아니다. 아이가 언어의 세계를 구성하기 위해서는 두 발로 걸을 수 있어야 한다.

아이는 두 발을 떼어 걷고 그렇게 자신과 한 몸이던 엄마에게서 떨어져나온다. 두 발로 선다는 건 걷는 행위를 수반한다. 홀로 서서 주체적으로 주변을 탐색하고 성장할 수 있는 조건을 갖춘 인간으로 형성되어 간다. 이로써 생존과 자기의 세계 구성조차 타인에게 의존할 수밖에 없던 개인이 홀로 설 수 있는 조건과 자신의 언어 세계를 갖춘 존재가 된다. 비로소 개인이 되고 자기 세계를 넓히기 시작한다.

개인의 삶은 인류가 땅을 딛던 네 발에서 두 발로 서고 손으로 도구를 사용하고 언어를 통해 소통하는 인류사의 전 업적을, 개별적으로 겪는다. 더디게 진행된 인류의 진화 과정과 마찬가지로 아이가 걷고 말하기까지의 시간은 개인 차원에서도 상당한 기간이자 결정적인 시기이기도 하다. 걷게 된다고 해서 아이가 바로 독립할 수는 없다. 다만 하루 단위, 개월 단위로 성장 변화를 보이는 이 기간은 한 개인 삶의 중요한 시작점일 수밖에 없다. 뒤돌아 더 멀리 시선을 옮기면 알로 태어나 양수에서 9개월을 성장하고 어렵게 숨을 토해내며 세상으로 나오는 생명의 이미지에서 어렴풋이 물에서 육지로 삶의 공간을 옮겨 적응하는 생명의 진화를 떠올려 볼 수도 있겠다.

걷는 것이 익숙해지면 우리는 과시하듯 가능한 한 멀리, 낯선 곳을 가려고 한다. 미국 남부의 흑인들은 자유를 얻게 되자 자유를 확인하기 위해 기차를 타거나 익숙한 경계 밖을 걸어 멀리 낯선 세계로 나갔다. 처음 느껴보는 자유의 한계를 확인하기 위해 끝없이 발걸음을 옮기다 집으로 돌아오는 길을 잃어버리기도 했다고. 나 역시도 젊었을 때는 기회가 되면 여행을 다녔다. 은행에서 펀드를 권장하던 시절, 만기가 된 펀드 수익으로 베트남 여행을 다녀왔다. 그 이후로 기회가 되면 여행을 다녔다. 집에 돌아오는 길을 잃지는 않았지만 떠나기 전의 여행의 기대와 다녀온 후의 추억을 위해 더 열심히 일해야 했다.

언제부터 여름이면 가족 여행을 다녔다. 여러 가족이 일정을 맞춰야 하고 어디로 갈지, 무엇을 먹을지, 세세한 여행 계획들을 세워야 한다. 몇 집 안 되는 이 작은 사회에서도, 맛집에서 줄을 서서 먹어야 하는 사람과 줄을 서는 걸 질색하는 사람이 있다. 산이나 산책로를 걷는 걸 좋아하는 사람이 있는가 하면, 힘들게 올라갔다 내려올 바에야 산 밑에서 아이스크림 먹으며 기다리겠다는 사람도 있다. 좋은 순간들이 더 많았으니 여행이 나쁜 건 아니다. 그렇더라도 새 달력을 받으면 가족 생일과 제사를 적어놓는 것처럼 의무적으로 생성되는 일정이 되면 일이 된다. 요금이 가장 비쌀 때, 기어가는 차 속에 갇혀 도로 위에서 긴 시간을 보내는 것도 여행의 맛이라며. 이때 걷기는 맛집과 명소를 제한된 시간 안에 경험할 수 있게 해주는 수단이 되고 효율의 기준을 따르지 않을 수 없다.

여행 중에도 걸을 수 있지만 걷기는 여행과 다르다. 산을 오르거나 건강을 위해 산책로를 걷거나 식사 후 거북함을 해소하기 위해 걷는 것에는 목적이 있다. 어떤 목적으로 걷더라도 효용성은 넘치게 열거할 수 있다. 걸으면 건강해지고 긍정적인 기분이 들고, 환경에도 도움이 된다. 그러나 오롯이 걷는 것이 목적인, 목적 없는 걷기가 있다. 걷는 것만이 목적이라면, 잘 걷기 위해서 가능한 한 거추장스러운 짐을 내려놓아야 한다. 가끔 삶의 목적이나 목표가 아닌 삶 자체가 목적이 되어야 한다는 생각이 든다. 걷다 보면 생각이 단순해진다.

걷기는 오롯이 혼자만의 경험이다. 걷기 시작하면 내 앞으로 풍경이 펼쳐진다. 앞에서 가까워졌다 뒤로 멀어지는 풍경이 계속된다. 걷다 보면 자연스럽게 걸음의 속도가 생긴다. 평소 빠르게 걷는 편인데 (젊은 날에 길들인 습관이다.) 걷는 것이 목적일 때는 한없이 걸음이 느려진다. 느린 걸음과 움직이는 풍경의 리듬이 내 시선을 내부로 잡아당긴다. 몸과 마음의 짐들이 하나씩 떨어져나간다. 내면과 외부를 유연하게 오가는 자유와 가벼움을 느낀다. 나는 나 자신과 동행이 된다. 루소Jean Jacques Rousseau는 종일 걸으면서 문화와 교육, 예술에 의해 왜곡되지 않은 자연인 "걷는 인간(호모 비아토르Homo Viator)"를 발견하겠다는 거창한 계획을 세우기도 했다. 그는 음악에 대해서도, 식물에 대해서도 인류의 업적에 도달할 꿈을 꾼 적이 있다. 포기도 빨랐지만 나는 목표를 세우는 것에서부터 게으르다.

성인이 되고 나면 걷는 일이 대단히 중요한 일로 여겨지지 않는다. 그러나 세상에서 가장 무거운 것이 눈꺼풀이고 중력을 거슬러 몸을

일으켜 세운다고 느껴지는 때가 있듯이 문을 열고 발걸음을 떼는 것
이 그렇게 쉬운 일이라 할 수 없다. 약속이나 생계를 위해 할 일이
있다면 움직이는 일이 덜 힘이 든다. 사실 나를 챙기는 것보다 사회
의 촘촘한 관계망 속에서 역할을 수행하는 것이 쉽게 느껴질 때도
있다. 수많은 선택의 스트레스에 시달리지 않아도 되고, 아침 출퇴
근 행렬 속에 있을 때 안도감을 느끼듯이.

'한 발자국도 나가지 않는다.'는 표현은 보통 외출하지 않았다는 뜻
이거나 집안에서 매일 반복하는 일거리 외에 특별한 일이 없다는 뜻
이다. 이때 걷기는 집안에서 하는 사적인 루틴보다는 공적이거나 사
회에 연결된 일에 관여한다. 목적을 수행하기 위해 수반되는 걷기
다. 그러나 집안에 있어도 종일 등을 붙이고 있을 리는 없다. 매일
반복해서 단조롭고 지루하고 의미가 닳아버린 일 역시 매일 반복하
지 않으면 삶은 지속되지 않는데도 말이다. 청소와 같다. 매일 부지
런히 치우는 동안은 표시가 나지 않지만 중단하면 표시가 난다.

약속도 없고 시급한 일이 마음을 재촉하지 않는다면, 특히 코로나
로 인한 사회적 거리 두기의 시행으로 이유 없는 외출에 대한 시선이
부정적인 분위기라면 몸을 움직일 명분을 만드는 것조차 또 다른 일
이 된다. 기운을 한껏 끌어모아야 길을 나설 수 있고 이때 걷는다는
것은 나를 돌보기 위해 사적인 공간으로 들어가는 것이다. 그렇게
걸어간 길을 돌아올 때는 사회 속으로 들어가 관계를 맺을 준비가

되어 있다. 이를테면 걷기는 나 자신이 되는 방법이자 타인과의 거리를 조정할 수 있는 무기가 되기도 한다. 사람들의 걸음이 다져져 길이 되듯 공감과 연대의 가능성 역시 걷기에서 찾을 수 있다.

생활이 요구하는 일들을 마친 후에는 걷는 일조차 노력이 필요할 때가 있다. 걷기가 또 다른 일이 되지 않기 위해서는 '목적 없이' 길을 나서야 한다. 조금만 방심하면 동시에 할 수 있는 일과 겸사겸사 할 수 있는 일을 찾으려는 효율성의 지배를 받는다. 습관의 관성에서 벗어나기가 어려운 만큼 아무것도 하지 않는 데 적극적인 노력이 필요하다. 의미 있는 일을 하려는 의지와 아무것도 하지 않으려는 의지가 종종 갈등을 일으킨다. 어쩌면 쉽지 않은 만큼 적극적으로 아무것도 하지 않는 것이 의미 있는 게 아닐까. 잘했다 소리를 들을 만한(우리는 메뉴 하나 고를 때도 뭘 먹어야 잘 먹었다 소문이 날까 생각하는, 인정을 먹고 사는 존재이므로) 의미 있는 일을 할 것인가의 고민과 게으름의 무기력한 상태를 어떻게 벗어날 것인가. 그 사이를 오가며 고민하다 게으름의 혼란을 헤집고 집을 탈출하는 데 성공하면 새로운 기분과 새로운 풍경으로 문이 열린다. 쫓기듯 다시 집으로 돌아갈 일만 없다면, 어디에 도달해도 상관없고 걷는 행위를 잊을 만큼 걷기만 하면 된다.

봄을 탄다. 봄이 좋은 나는 봄을 기다린다. 아직 대지가 꽝꽝 언 겨울에도 마음은 봄을 맞아 마중을 나간다. 언 땅이 녹아 생명을 준비하는 그 순간에 나는 이미 감동할 준비가 돼 있다. 간혹 생명의 열기로 눈과 얼음을 녹이고 나오는 식물을 만나기도 한다. 모든 식물이 봄을 맞느라 조바심을 내는 건 아니라서 기다림은 꽤 길다. 기대와 실망을 반복하다 실망에도 익숙해질 즈음이면 연두색 생명의 기운을 만날 수 있다. 마음의 준비를 했어도 반가움은 조금도 줄지 않는다. 사람들에게 나름 친절한 얼굴을 하고 있지만, 사람보다 동물에게 더 친절하고 식물 앞에서 더 겸손해진다. 사람들에게도 마음에서부터 친절하려고 노력 중이다. 그 역시 자연으로부터 배운 것.

9년 전, 단골 카페 사장님과 대화 중에 텃밭이 하고 싶다고 했던가, 농부가 꿈이라고 했나. 나는 텃밭이 갖고 싶었고 자급자족할 수 있는 내 땅을 경작하는 농부가 되고 싶었다. 지금도 그 꿈은 유효하다. 당장에 사장님은 지인에게 연락해 농사지을 땅을 연결해주셨다. 아직은 늦은 겨울, 혹은 이른 봄이어서 밭을 구경하러 처음 방문했을 때, 주인아저씨와 친구분들이 비닐하우스 난로에서 고구마를 구워주셨던 기억이 난다. 언 땅이 녹고도 씨앗을 뿌리고 모종을 옮겨 심을 수 있을 때까지 하루하루가 얼마나 긴 기다림이었던지, 그때의 조바심이 아직도 선연하다. 해마다 겪기 때문에 잊지 않는 것일까.

텃밭을 하나 갖고 싶다는 꿈이 실현되려는 순간, 현실감 없던 나는 백 평을 빌렸다. 그 외에도 초보 농부가 할 수 있는 실수를 차곡차

곡 겪어나갔다. 씨 뿌리는 시기를 몰라 뿌리고 기다리다 지쳐 다시 뿌리고, 뿌린 자리를 기억하지 못해 또 다른 씨를 뿌렸다. 가장 큰 실수는 30평 정도의 땅에 쌈채소를 심은 거였다. 그나마 다행인 것은 다품종 소량 생산이라는 방향성을 갖고 있어 종류가 다양했다. 초심자의 행운으로 첫 농사는 심는 것마다 성공하는 바람에 수확하고 나눠주는 노동을 감수해야 했다. 뙤약볕과 장마가 기승을 부리는 여름이면 여지없이 풀에게 완패를 당했다. 풀 하나 없이 말끔한 텃밭은 꿈도 꾸지 않는다. 나름 자연농법이라며 풀이 작물보다 크지 않는 한 크게 신경 쓰지 않았다. 가을이 되면 기세 좋던 풀도 힘을 잃는다. 눈 앞에서 '풀죽다'는 의미를 알게 됐다. 그리고 나보다 큰 풀숲을 헤치며 찾아낸 보물들이 꽤나 큰 즐거움을 줬고 텃밭은 한 번도 빈손으로 나를 돌려보낸 적이 없다.

당연하게 푸성귀가 넘쳐났다. 채소가 많아 주변 지인들에게 나누고도 택배를 부치러 우체국을 자주 들락거려야 했다. 채소를 키우는 것만큼 수확하는 데 시간과 노동이 많이 들었다. 자식처럼 소중하게 키운(이건 키울 때의 기분이다. 수확기가 다가오면 맛있게 잡아 먹을 생각에 기쁘다.) 수확물을 허투루 버릴 수가 없었다. 열심히 효소니, 장아찌를 만들었는데 만드는 기쁨 이후엔 먹는 '일'을 곧잘 잊었다. 이때쯤 나는 많은 변화를 겪었다. 생활이 바뀌어서 생각이 바뀐 건지, 생각이 바뀌어 생활이 바뀐 건지 그 순서도 기억이 안 난다. 읽는 책이 바뀌었고 외모에 시간과 노력을 쓰지 않게 됐다. 농사를 짓기 전부터 니어링 부부Scott Nearing and Helen Nearing의 책에 빠져 있었다. 자서전에서 시작해 '조화' 시리즈를 읽고 또 읽었다. 솔직히 이십 대 초반에 읽은 소로우Henry David Thoreau의 『월든Walden』은 내게 문장 하나 감동을 주지 못했다. 성인이 되기 전까지 시골에서 자란 데다 이십 대 때는 소화력을 생각하지 않고 폭식 독서를 했다. 나는 삼십대가 되고 나서야 그의 문장을 이해하기 시작했다.

미니멀리즘과 자발적 가난이 한때 유행을 했다. '자발적인' 가난은 가난을 알 리 없는 사람이 추구할 수 있는 태도지, 가난한 사람에게 가르칠 수 있는 일이 아니다. 나는 어려서부터 부족과 가난을 어렴풋이 경험하며 컸고 사회에 나와 상대적 빈곤의 크기를 깨달았다. 자발적 가난과 미니멀리즘의 지향점에는 고개가 끄덕여졌다. 그러나 유용성과 아름다움에 대한 개인적 견해가 다르니 실천의 차원은 다양할 수밖에 없다. 나는 게으른 성격에 맞게 타협을 잘해서 다행이다. 내 즐거움은 풍요로움이나 근검이 주는 것이라기보다 그 둘 사이의 변화에서 온다고 느끼기 때문이다. 당장 내 몸 하나 편하게 누일 안전한 방 한 칸이 문제인 대학생에게 소로우의 생각과 함께 걷기에는 내 걸음이 너무 빨랐다. 놓치는 부분이 많았지만 나는 최대한 빠른 속도로 걸어야 했고 세상에는 알아야 할 지식과 읽어야 할 책이 너무 많았다.

온라인상에서의 관계에 회의적이던 내가 텃밭을 일구기 시작하면서 온라인 정보에 빠졌다. 책을 읽다 파란 하늘이 밝아 오는 것을 보고 잠들던 20대가 있었고, 이후 나를 잠못 이루게 하는 것은 식물, 꽃, 씨앗으로 바뀌었다. 스텐 도구를 사용하다 무쇠로 바꿔주면서 공부할 게 많았다. 동시에 텃밭, 로하스, 무쇠 등 키워드를 검색해 카페에 가입했다. 더 놀라운 일은 한 카페에서 '번개'를 제안했다는 것이다. 밖에서 만나 밥을 먹고 커피를 마셨다. 공통된 취미를 놓고 호기심 가득한 대화를 나누다 보니 반나절의 시간도 짧은 것 같았다. 처음에는 채소 구실로 만났지만 만남은 계속 이어졌다.

밖에서 음식을 사먹고 커피를 마시고 헤어지는 일이 반복됐다. 그러다 우리에겐 무쇠라는 도구가 있고 재료도 있으니 집에서 만들어 먹기로 했다. 그렇게 해서 모인 네 명이 다섯 명이 되고 여섯 명이 되고 일곱 명이 됐다. 규칙이나 어떤 합의도 없이 매주 우리집에 모였다. 한 주도 빠짐없이 1년 반 정도를 계속했다. 3개월 혹은 6개월 운동을 끊어놓고 한 달 이상을 못 가는 나였으니, 되돌아보니 엄청난 사건이다. 동네 에어로빅 3개월을 끊고 나간 첫날, 꿔다 놓은 보릿자루를 경험한 후 발길을 끊은 것이 불과 얼마 전이었다.

더러 맛있는 것과 제철 특산물을 사는 경우도 있었지만, 재료를 일부러 사지 않고 각자의 집에 있는 재료를 모아 밥을 차려 먹는 방식이었다. 우리의 습관과 상차림의 테두리를 벗어날 수 있어 즐거웠다. 재료 손질도 순식간에 끝났고 자연스럽게 많은 것을 배웠다. 조리법도 배우고 새로운 식재료에 눈을 떴다. 우리의 모임은 자발적이고 자연스러웠다. 직업도 다르고 나이도 다르고 사는 모습도 다른 사람들이 함께 재료를 다듬고 음식을 하고 상을 차리고 서로의 얼굴을 보며 음식을 먹었다. 음식은 누구랑 먹느냐가 중요한데 음식을 좋아하는 사람들과 함께 먹으면 즐기는 표정이 음식 맛을 좋게 하는 양념이 된다. 당연히 즐거웠다. 즐겁지 않은 일에 다음을 기약하지 않고 그렇게 오래 만남을 지속할 수는 없었을 것이다. 우리가 자주 하는 농담처럼 우린 가족보다 더 자주 만나고 '셀프 시집살이'를 즐겼다. 그리고 더 중요한 것은 우리가 다르다는 것을 자연스럽게 받아들였다는 것이다.

속도를 내는 노령화 사회에서 건강은 중요한 화두가 됐고 아침과 저녁으로 걷는 사람들과 마주하는 것이 일상이 됐다. 누군가는 생존을 위해 걷는다. 예술가도 걷고, 철학자도 걷는다. 농부가 되면 끊임없이 걷는다. 농부는 말할 것도 없고 마당에 틀텃밭을 가꾸거나 옥상 텃밭을 가꾸거나 베란다 혹은 창틀 텃밭을 '경작'하는 도시농부도 마찬가지다. 작물은 농부의 발소리를 듣고 자란다고 한다. 베란다 식물들에게 아침과 저녁으로 인사를 건네고 물을 주고 하엽을 떼주고 어제와 다른 변화를 알아채는 일로 하루를 시작한다. 우리 집에 몰래 커피 마시는 요정과 함께, 시간 숨기는 요정도 함께 사는 게 아닐까 생각하곤 한다. 눈앞에 보이지 않는 텃밭조차 큰 힘을 행사한다. 특별히 할 일이 없어도 일단 준비를 해서 나서면 계획 없이

도 할 일이 생긴다. 하긴 계획대로 뭔가를 이뤄내는 성격도 아니다. 나는 부지런한 농부가 아니라서 너무 이르거나 너무 늦지 않게 겨우 씨를 묻을 뿐이다. 나머지는 자연에 맡긴다. 발소리를 들려주는 일은 곧잘 하는 일인데, 궁금해서 조바심이 나기 때문이다. 맑은 날에도, 흐린 날에도, 비오는 날에도, 그날그날 날씨에 따라 식물의 기분을 함께 느끼러 길을 나선다. 그러나 게으른 농부는 농부라면 밭에 얼씬하지 않을 시간에 주로 텃밭에 간다. 게으른 대가로 땡볕 노동을 벌 받았다고 느끼며 일을 한다. 풀이 보이면 뽑아야 하고 풀더미를 치워야 하고 씨앗을 묻을 적당한 장소를 찾아야 한다. 이미 땅엔 모종 하나 심을 자리가 없는 경우가 많다. 새로운 것에 대한 호기심은 연중무휴이므로. 그러는 과정에 얼마나 놀라운 기적을 발견하는지, 텃밭이 내주는 채소와 열매는 덤이라 할 수 있다. 예쁘다, 예쁘다 감탄을 남발하며 작은 텃밭을 돌고 돌다 집에 돌아오기 일쑤다.

비를 좋아하지만 초록 생명을 키운 후로 더욱 좋아하게 되었다. 농사 첫해, 물을 주러 규칙적으로 발걸음을 할 것이 아니라면 물을 주지 말라고 배웠다. 게으른 내게 딱 맞는다 싶어 물 주는 일엔 게으름을 피우고 비가 오면 물 주는 수고를 덜어주는 비가 고마워 응원하러 간다. 비 온 후 텃밭에 가는 또 다른 이유는 비 온 후면 생명의 극적 변화와 신비를 만날 수 있기 때문이다. 물기를 한껏 머금은 초록색이 더욱 생동감 있는 색으로, 짙은 냄새로 기분을 자극한다. 물방울 맺힌 풀에 쓸려 아린 느낌이 생생하고 질퍽한 흙 속에 파묻혔다 뗀 신발엔 묵직한 흙이 들러붙었지만, 그 이상의 기쁨이 있다. 빗물 냄새를 맡으면 식물의 기분을 한껏 상상하게 한다.

어렸을 때 살던 시골길은 포장되지 않은 흙길이라 비가 많이 오거나 눈이 내리면 버스 운행이 중단됐다. 학교까지 두 시간 가량 걸어야 했는데, 비 온 후나 이슬 내린 아침에 걸으면 풀들을 스친 바짓단이 축축해졌다. 비 갠 후엔 종종 우묵하게 패인 자리에 빗물이 고여 물웅덩이가 생기곤 했다. 부유물이 아직 덜 가라앉은 흙탕물 안에 하늘이 담겨 있었다. 그 작은 웅덩이 위로 몸을 숙이면 하늘과 구름, 나무를 배경으로 내가 나타났다. 웅덩이 밖에 발을 단단히 붙이고 있었지만 불안했다. 저 반대편 세상으로 빨려들어 갈 것 같았다. 동시에 웅덩이 저 너머의 세계에 불안한 신비감과 호기심을 느꼈다. 어른이 된 지금도 그 기분을 잊지 않았다. 거울 나라로 가는 앨리스의 거울보다 내게는 더 실질적인 두려움을 불러일으킨다.

요즘은 공원과 산책로가 잘 조성돼 있어 멋진 나무와 아름다운 꽃, 심지어 자연스러운 야생을 흉내 낸 다양한 풍경 속 호수와 하천들을 만나기 어렵지 않다. 내 산책길에도 호수가 있고 하천이 있다. 산책길을 따라 물이 흐르는 방향을 거슬러 올라갔다가 흐르는 물과 동행하며 내려온다. 하천 바로 옆길을 선택하면 다양한 식생과 동물들을 만난다. 하천 옆길에서 뚝방길로 올라서면 물웅덩이가 아름다운 세상을 담은 풍경이 나타나고 어쩐지 실제 풍경보다 더 아름답게 보인다. 나는 똑바로 보는 것보다 그것의 반사된 모습을 더 좋아한다. 아름답기도 하고 어떤 진실은 견딜 만하기 때문이다. 그래서 나는 시보다는 소설을 좋아했고 꿈, 환상, 마술적 사실주의 작품들에 끌렸던 것 같다. 코엘료^{Paulo Coelho}의 『연금술사^{The Alchemist}』에 나오는 또 다른 버전의 나르키소스^{Narcissus} 이야기에는 나르키소스가 호수에 빠져 죽자 나르키소스의 눈 속에 비친 자신의 아름다운 모습을 더는 볼 수 없게 된 슬픈 호수가 나온다. 우리는 누구나 먼저 모든 것에서, 자기 자신을 가장 많이 본다.

진실을 바로 마주하고 죽거나 미치지 않고 살아갈 방법이 있을까? 오디세우스^{Odysseus}가 사이렌^{Siren}의 아름다운 노래에 현혹되어 자신을 파괴하지 않을 수 있었던 방법이 우리에게도 유효할까. 나 자신을 돛대에 묶고 타인의 귀를 밀랍으로 막고 노를 젓게 해 아름다운 목소리가 들려주는 진실을 듣고 물에 빠지지 않고 관통하는 법. 혼자서 두 가지 일을 감당할 수 없다면, 사지를 묶어야 할 자는 누구고 귀를 막아야 할 자는 누구일까. 나는 진실을 바로 볼 용기가 부족해 소설의 상상 세계에 빠졌고 직접 보면 눈이 멀 것 같아 사물에 되비치는 아름다운 반영에 시선을 오래 두곤 한다. 진실을 다 알지 않아도 되는 것이 적잖이 안도가 된다.

흐르는 물은 새로움을 환기한다. 헤라클레이토스^{Heraclitus of Ephesus}의 말처럼 우리는 같은 강물에 두 번 발을 담글 수 없다. 아래로만 흐르는 물의 성질만 생각하면 강물이 흐르고 흘러, 가장 낮은 데 이르면 흐르는 일을 멈추고 고요에 이를 것 같지만, 물은 결코 흐르는 것을 멈추지 않는다. 그러나 해 아래 새로운 것은 없고, 모든 지식은 단지 회상에 불과하고, 모든 새로운 것은 망각의 결과일 뿐이다.[1] 망각의 동물인 나는 봄이 올 때마다 늘 설레고 신비롭지만 여름이 오고 가을이 오고 겨울을 지나면 어김없이 봄을 버선발로 맞는다.

보르헤스Jorge Luis Borges의 「죽지 않는 사람들」에는 불사의 강물을 마시고 영원히 사는 사람들이 나온다. 그러나 또 세계 어딘가에는 불사성을 지우는 또 다른 강이 있을 것이다. 보르헤스는 인간에게 죽음이 있어 소중하고 애상적인 존재가 된다고 했다. 죽지 않은 사람들의 생각과 행동은 그 시작을 알 수 없는 과거의 사고와 행동의 메아리일 뿐이며, 미래에도 끝없이 반복될 것이다. 마치 무한한 수의 거울들 사이에 갇혀 있는 것처럼. 우리는 누군가의 생을 기억을 잃은 채 살아가고 있는지도 모른다.

내 고향은 바닷가라고 알려진 곳인데 어려서는 바다가 있다는 건 밥상에 올라오는 생선과 해산물로 짐작할 뿐이었다. 우리집 뒤로 산이 있었고 산길을 넘어 학교에 다녔기 때문이다. 아빠에게 산과 바다는 놀이터였는데 아빠의 취미는 깔끔 결벽증이 있던 엄마에게 잔소리거리였다. 아빠가 사냥해온 것으로 잔치를 벌리려고 동네 사

1) 호르헤 보르헤스 지음, 「죽지 않은 사람들」, 『알렙』, 황병하 옮김, 민음사, 1996, 7쪽 재인용.

람들이 집에 모이곤 했는데 엄마는 질색하셨다.

가장 오래 두고 본 두 사람의 사랑 얘기를 좀 하자면, 같은 시공간
에서 서로를 이해하는 것이 얼마나 어려운가 말이다. 사랑은 두 사
람 사이의 스파크보다 더 절실한 것이 그 관계의 지속이다. 그 사이
에서 마찰은 지극히 작은 것들을 받아들일 것인가에 달려 있다. 엄
마는 아빠가 즐기는 술과 고기를 질색하셨다. 고기를 드시지 않으니
간을 보지 않고 음식을 하셨다. 아빠는 뇌졸중으로 쓰러져 응급실
에서 나오신 후 술과 담배를 끊으셨다. 이때 즈음 엄마는 맥주를 배
웠고 삼겹살을 드시기 시작했다.

산과 바다를 좋아하는 아빠와 깔끔 결벽증이 있는 엄마. 엄마는 해
루질 다녀온 아빠가 집안을 온통 갯벌과 비릿한 바다 냄새로 채우
는 것을 참지 않으셨다. 아빠는 말수가 적었는데 더더욱 말수가 적
어졌다. 아빠가 돌아가신 후, 엄마는 아들이 바다에 나가 잡아온 참
돔을 아파트 베란다에서 고이 말려 아빠 제사상에 올리신다.

두 사람 인연의 끈 길이가 비슷하면 서로 싫어하던 것까지 닮아 서
로를 이해할 순간을 맞이할 수 있었을지도 모른다. 중매로 만나 어
려운 시절에, 준비되지 않은 어른의 삶까지 살아내야 했으니 고단
한 삶의 무게와 함께 '다름'은 고통을 배가했을 것이라 감히 짐작해
본다.

할아버지의 기억조차 없는 3대 독자인 아빠와 외할아버지 없이 7남매 중 맏이었던 엄마의 삶을 이해해보려고 정신분석에 끌렸던 것 같다. 학부 때는 프로이트와 융을 겉멋 용으로 읽었고 대학원 과정 중에 정신분석 과목이 꽤 인기였다. 버틀러는 성까지도 구성된 거라고 말했지만 그것이 사실이라도 우리에게 선택권이 없다는 건 슬픈 일이다. 우리는 우리가 어쩔 수 없는 이미 구성된 사회 속에 툭 떨어졌고 나중에서야 문제가 있음을 알게 된다. 무엇보다 나는 언어와 정신과의 관계에 끌려 책을 읽고 세미나에 참석하고 수업을 들었다.

아빠는 관통해야 할 '아버지'라는 존재를 만난 적이 없었고 아버지의 역할을 배운 적이 없어 늘 두려웠던 것 같다. 아빠 생각을 하면 윙클^{Rip Van Wingkle}이 생각난다. 마을 일은 도맡아하며 집안일에 게으른 립 만 윙클이 산에 올라가 낯선 사람들이 주는 술을 얻어먹고 잠이 들었다 깨어나 산을 내려와보니 20년이 지나 있었다는 이야긴데 산을 놀이터 삼고 술과 친구를 좋아하고 마을 일은 발 벗고 나서서 하면서 정작 가족은 뒷전이었던 점이 비슷하다고 할까. 어쩌면 전혀 관계가 없었을지도 모르는데 책을 읽으면서 아빠 생각이 자연스럽게 떠올랐고 아빠를 생각하면 윙클이 생각난다.

겨울철이면 집 앞 김장 배추를 갈무리한 밭에 김발을 세워뒀던 기억이 난다. 바다를 본 적이 없는데도 밥상에 오르는 해산물과 밭에서 말리는 김은 자연스러운 풍경이었다. 우리집은 산 아래 마을에서 제일 높은 곳에 있어 학교까지 산을 넘어가는 지름길이 있었다. 비가 많이 올 때는 산에서 미꾸라지가 흙탕물과 함께 떠내려가는 것도 봤다. 미꾸라지는 실제였지만 환상의 나래를 펴기 좋은 곳이었다.

산 가장자리 숲은 우리에게 놀이터였고 채집장이었다. 붉은색 찰흙을 퍼다 공작하고 적당한 장소가 있으면 은신처 겸 아지트를 만들었다. 입지 않는 옷을 가져다 깔았다. 아궁이에 불을 땔 솔가지를 모아 내려오기도 했다. 숲의 냄새는 짙고 푸르렀고 겨울에도 부엌과 연결된 나뭇간에서 솔냄새가 풍겼다.

아이들은 끊임없이 자극을 찾아 나섰다. 걷는 법을 배운 아이들은 걷는다기보다 달린다. 몸은 가볍고 세상은 넓고 자극은 사방에 널려 있었으니까. 숲은 냄새 좋고 아름답고 신기한 먹거리가 많았다. 그렇지만 늘 좋기 만한 건 아니다. 고사리를 꺾는 철이면 뱀을 조심해야 했다. 시골에서는 산에 가지 않아도 밭에서도 뱀을 만나고 등굣길에도 쉽게 만날 수 있었다. 반공 교육을 받던 시절이라 간첩이 있다면 산에 숨어 있을 것 같았고 누가 알려준 건지 모를 이무기 이야기는 숲을 통과할 때마다 떠올라 오돌토돌 소름이 돋게 했다. 이불을 둘러쓰고 보던 〈전설의 고향〉 탓도 있다. 녹음이 짙은 숲에 들어가 일행들과 사이가 벌어지면 적막함이 밀려든다. '거기 아무도 없어요?'를 외치고 싶은 다급함과 불안감이 밀려올 때가 있다.

토끼를 언제부터 키웠는지 기억에 없지만 칡순을 잘라다 토끼를 먹였다. 토끼 집의 나무살 사이로 칡을 넣어주던 기억이 선명하다. 칡의 냄새와 감 삭은 냄새를 코가 기억하고 있다. 떫은 감을 소금물에 우려 먹었는데, 지금은 이런 기억을 나눌 사람을 찾기도 어렵다. 단감나무의 파란 감이 익기까지 몇 번이나 덜 익은 감에 이빨 자국을 냈는지 모른다. 이빨과 혀에 오래 달라붙어 있던 떨떠름한 기분. 육종기술이 발달하고, 과일이 키우는 것이 아니라 사 먹는 것이 된 세상에 사니 그 기분마저 그리울 때가 있다. 마당에 있던 감나무에서 땡감이 떨어져 삭으면서 여름의 향기를 만들어내던 그때.

머리보다 코가 더 오래 기억한다. 뒤란으로 난 창호지 바른 뒷문을 열면 굴뚝 옆 주변을 초록색으로 물들이던 무화과나무가 있었다. 잎에 상처를 내면 하얀 진액이 흐르고 짙은 향을 뿜어냈다. 여름이면 무화과가 벌어져 꿀물이 뚝뚝 떨어지고 벌들이 윙윙거리며 여름의 소리와 냄새를 완성했다.

봄이면 뽀얗고 통통한 햇칡을 캐먹었다. 지금은 시골이나 도시나 골칫거리가 되었지만, 칡 잎과 꽃의 향기는 말할 것도 없고 씁쓸하면서도 고소한 칡의 맛이 생생하다. 동네 아이들이 우르르 몰려다니며 칡도 캐고 찔레 순을 꺾어 먹고 시영 줄기를 잘라 먹었다. 어른이 돼서야 '띠'라고 알게 된 '삐-비'(삘기)라고 부르던 풀의 줄기가 부푸는 때를 기다렸다 쇠기 전 달달한 속살을 먹기도 했다. 연두색 봄이 오기도 전에 붉은 흙을 살살 털어 달래를 캐고 냉이를 캐고 볕이 따뜻해지면 고사리를 꺾었다. 고사리보다 도톰한 고비는 왠지 더 신비감을 줬다. 고사리는 비교적 양지 비탈에서 자라는데 고비는 습기를 머금은 더 깊은 숲의 계곡 근처에 자랐다.

여름이면 유일하게 아는 오이꽃(꾀꼬리)버섯을 따러 산을 누볐다. 비가 온 후 습기를 머금은 산에 쌓여 있는 솔잎을 머리로 이고 노란 꽃처럼 올라오는 수수한 버섯이다. 쫄깃한 버섯으로 된장찌개를 끓였다. 가을이면 잎이 붉게 물든 정금나무의 까만 열매를 땄다. 통학 길에도, 학교 마치고 숲을 헤집고 다니다 개암을 만나면 기분이 좋았다. 겨울엔 앙상한 가지에 매달린 쪼글쪼글한 고염 열매를 따 먹기도 했다. 손톱만 한 열매가 씨를 빼면 먹을 것도 없지만 곶감의 맛을 암시하며 감나무의 조상임을 증명했다.

시멘트 벽돌로 쌓은 담장 밖으로, 뒤란의 탱자나무 울타리 안팎으로 밤, 배, 무화과, 복숭아, 자두, 대추, 감, 호두, 밤, 앵두, 물앵두 등 과실수가 많았다. 그런데도 계절마다 때가 되면 들로 산으로 찾아 다녔고 어김없이 같은 자리에 미나리, 시엉, 찔레, 고사리, 개암 등이 나타났다. 농사철이 있듯 야생의 매력적인 먹거리를 맛보려면 제철을 알아야 하고 식물이 있던 자리를 기억하는 것이 무엇보다 중요하다. 그래야 초록색 점 하나 보이지 않아도 하얀색 달래 구근을 흙에서 캘 수 있고 붉은색이 도는 줄기가 쇠기 전에 잘라 시엉 맛을 보고 얼굴을 찡그릴 수 있다. 이 맛의 기억은 얼마나 깊게 각인됐는지 기억을 떠올리는 것만으로 얼굴 근육이 반응한다.

조용한 편이던(지금은 많이 변했다.) 나조차도 유년기는 채집과 사냥의 시기였다. 아빠는 진짜 농부이자 어부이고 사냥꾼이었다. 어린 우리는 성별, 나이 구별 없이 우르르 잘도 몰려다녔다. 같이 딱지치기, 구슬치기도 하고 숲에 아지트도 짓고 불쌍한 동물을 죽이지는 못했지만 병아리처럼 생긴 꺼벙이를 쫓아 산을 다니고 새집에서 새 알을 꺼내곤 했다. 산골의 계곡에서 가재를 잡고 송사리를 잡았다. 어느 날 아침 산으로 올라가는 길목에서 어린 사슴과 긴 눈맞춤을 하기도 했다. 어쩌다 참새를 키우게 됐는지는 기억 안 나는데 참새가 죽자 밭에 무덤을 만들어줬다. 이듬해 다시 경운할 건 생각 못할 나이였고 꽤 오래 갔다고 기억되는 남동생의 슬픔도 그때까지는 가지 않았나 보다.

중2 때 나는 나름의 방식으로 사춘기를 겪었다. 이성에 대한 호기심이나 친구 문제 같은 건 고민해보지 않았다. 아마도 성경에서 발견한 단어라고 기억하지만 내 기억 대부분이 그렇듯 확신할 수 없다. 어쩌다 나는 '영원'이라는 단어에 사로잡혀 있었는데, 말의 크기가 너무 커서 그 경계까지 파악하지 못하는 데서 두려움을 느꼈던 것 같다. 또 하나 나를 더욱 괴롭히던 문제는 잠이 들고 깨는 과정이 매일 반복돼도 나는 '나'를 벗어나지 못한다는 것이었다. 이 일이 언제까지 반복될 것인지, 내가 '나'이길 멈추면 그 이후는 어떻게 되는 것일지. 나는 꽤 진지하고 심각했는데 주변에 답해줄 수 있는 사람은 없었다. 당시에는 말할 것도 없고 성인이 되고 나서도 말이 통할 것 같은 사람을 만나 이야기를 꺼내 놓으면 말없이 눈만 깜빡이거나, '너는 생각이 참 많구나.' 정도의 답이 돌아왔다.

내가 기억하는 걷기는 그리 중요할 것 없는 시골에서 할 수 있는 심부름과 관련되었다. 샘에서 물을 떠야 했는데 지금 생각해도 마법의 샘물 같았다. 여름엔 시원하고 겨울엔 따뜻하고 샘 주변을 둘러싼 둑엔 머위와 달래가 자라고 물이 빠져나가는 곳에는 미나리가 자랐다. 농번기 새참 나갈 때 주전자를 들고 쪼르르 뒤따른다거나 양조장에 막걸리 심부름을 다녔다. 밥때가 되면 밭으로 식구들을 찾으러 다녀야 했고 동네 누구누구에게 말을 전하는 심부름도 어린 우리의 몫이었다.

그런데 밤에 전구 불이 나가는 것처럼 싫은 일도 없었다. 성가실 뿐만 아니라 오싹하고 불안한 기분을 견뎌야 하는 게 싫었다. 집에서 가게까지 가려면 논두렁과 밭두렁을 지나고 숲을 이룬 고개 두 개를 지나야 했는데, 그 중간에 무덤을 두 개나 지나야 했다. 내 두려움의 근원은 무덤이었는지 어둠이었는지, 불쑥 나타날 수 있는 사람이었는지 알 수가 없지만 불안하고 두려운 기분은 여전히 몸에 기록되어 가끔 되살아나기도 한다. 밤길을 걷는 발걸음이 빨라지고 아마 심장도 빨리 뛰고 있었을 것이다. 밤이슬의 촉감과 곤충들 소리도 심장 속도와 함께 몸에 새겨졌다.

옛날의 달이 더 컸을 리 없는데 커다란 달이 꽤 가깝다고 느꼈다. 집에서 가게를 다녀오는 동안 같은 위치에서 나와 동행해줬다. 하늘을 올려다보고 주절주절 말하면서 심장 떨리던 심부름을 무사히 마칠 수 있었다. (마그리트^{René François Ghislain Magritte}의 그림 〈헤겔의 변증법〉을 보면 어린 시절이 자연스럽게 떠오른다.) 이때도 하늘의 달보다 물에 비친 그림자가 더욱 빛이 났던 것으로 기억한다. 물을 댄 논과 포강이라고 불렀던 웅덩이에 달이 들어앉아 있었으니까.

하늘을 보고 말하는 습관이 생겼다. 무슨 얘길 했는지는 기억할 수 없다. 남동생들도 있는데 굳이 나를 보냈다고 원망했는지, 그날 있었던 특별한 얘기를 신나서 떠들었는지 내용은 기억나지 않지만, 밤에 심부름(낮에는 태양이 환하게 세상을 비추고 있으니 달이 가려져 말을 걸 수 없었다.)을 다녀오는 내내 달에게 말을 걸었다. 이때부터 나는 사물에게 말을 걸기 시작했다.

초록색을 보면 감탄하고 동물을 보면 반가워서 인사를 건넨다. 나이를 먹었어도 이 부분은 속으로 말하는 법을 못배웠다. 내면화해야 할 사회적 언어가 바깥을 서성이는 건가, 덜 성숙해서 내뱉은 혼잣말을 하는 건가 가끔 나를 의심해본다. 그러나 여전히 길가의 풀에게 말을 걸고 반가우면 탄성이 튀어나오고 동물들을 보면 반가워서 큰소리로 인사를 건넨다. 동물이나 식물에게 인사를 건네고 말을 걸어 함께 걷던 일행을 뜨악하게 만든 적이 많다. 그렇게 여러 번 겪다 보면 대개는 자연스럽게 용인해준다. 답은 들을 수 없지만 사물에게도 말을 건다. 언젠가 내 얘기를 듣던 한 어린 친구가 떠나면서 '사실은 저도 사물이랑 대화해요.'라고 귓속말을 한 적도 있다.

나는 서점을 들락거리며 사춘기를 조용히 통과했다. 틈만 나면 시내에 있는 '동아서적' 작은 공간에 들렀다. 엄마는 딸을 공부시켜야겠다는 생각은 전혀 없었는데도 책에 돈을 쓰는 것에는 관대한 편이었다. 중고등학교 시절에 시내에서 내가 즐겨 가는 곳으로 서점, 옆에 있는 레코드점, 그리고 꽃집이 있었다. 막연하게 나중에 커서 앉아서 편하게 책을 읽을 수 있는 서점을 하면 좋겠다는 생각도 했다. 도시에 나가서는 대형서점이 또 놀이터였다. 지금처럼 도서관 시설이 잘 갖춰져 있지 않아서 서점에 가면 통로에 서서 혹은 털썩 주저앉아 책 한 권을 읽고 다른 책을 한 권 사오는 것이 즐거웠다. 그땐 책을 산 날짜와 그날의 기분도 몇 자 적곤 했다.

농촌에서 자라면 농작물을 애정으로 바라볼 여유가 없다. 잎이며 꽃이며 아름다움을 느낄 겨를이 없었다. 비가 오면 맨발로 뛰쳐나가 널어놓은 고추, 콩, 깨 등에 포장을 씌우거나 거둬들여야 했다. 학교 끝나고 풀매기를 두 고랑씩 할당받는 날들을 보낼 때는 일을 빨리 끝내고 텔레비전 만화를 보고 싶다는 생각이 간절했다. 아빠가 〈캔디〉가 곧 시작할 시간이라고 불러줬던 기억은 카사레스[Adolfo Bioy Casares]의 『모렐의 발명』의 영사기 속 사랑하는 사람의 모습처럼, 반복적으로 재생되곤 한다. 국민학교 시절이다.

나는 읽는 것을 좋아한다. 공부하다 머리를 식히기 위해 책을 읽다 보니 기분이 좋을 때도, 불안할 때도, 고민이 많을 때도 책을 읽었다. 기분이 좋아, 우울해, 심심해 커피가 생각나는 것처럼 책을 읽는 것이 습관이 됐다. 지금도 책을 두 권씩 들고 다니는 버릇이 있다. 한 권도 다 읽지 못하는 때가 더 많은데도 두 권을 챙긴다.

중학교 때는 추리소설을 빠져 있었고 책상 밑으로 숨기고 몰래 읽기도 했다. 몰래 읽는 기분 탓인지, 살인자를 찾아내는 지적인 쾌감 때문인지 책을 덮을 수가 없었다. 책을 읽느라 밤을 샌 적도 많았다. 시험이 끝나면 만화방에 가서 쌓아놓고 순정만화를 읽었다. 중3 때부터 외국문학에 손을 댔다. 지금처럼 정보가 많지 않던 시절이라 내 독서 목록은 아마도 학교와 선생님의 영향이 컸을 것이다. 주입식 교육을 받던 때라 작품과 내용에 대해 상식적인 지식을 달달 달 외워야 했다. 분명 최초는 아니겠지만 기억에 남는 첫 소설은 모파상[Guy de Maupassant]의 『진주 목걸이』다. 그것보다 더 먼저 읽었던 책은 제목을 몰라 소개할 수가 없다.(사랑하는 남자를 언니에게 빼앗기고 뇌종양에 걸리는 이중의 불행을 겪는 내용였던 것 같다. 나중에 동생이 죽고 아이에게 동생의 이름을 준다는. 그 당시만 해도 언니가 완전 패륜아에 막장 인물로 느껴져서 기억에 남았던 소설인데, 제목을 찾게 되면 내 기억은 원작 내용에서 벗어나 얼마나 먼 곳까지 왔을지 궁금하다.) 어쨌든 나는 무엇으로부터 도피하듯 아니 학교생활의 단조로움을 소설 읽는 것으로 채웠다.

진심으로 좋아하는 것을 꾸준히 하면 잘하게 되어 있다는 말에 나는 찬성할 수 없다. 사람들은 좋아한다고 말할 때, 남들보다 조예가 깊거나 자랑할 만한 부분을 갖고 있다고 말하려 할 때가 많다. 나는 남들보다 못해도 즐겁고 편안함을 느끼는 것이 진짜 좋아하는 것이라고 믿는다. 물론 잘하면 더 좋겠지만, 잘하는 것이 없어서 이런 결론에 도달한 건지도 모른다. 나는 어렸을 때부터 세상의 기준에서 어딘지 살짝 비켜 서 있었던 것 같다.

세상이 나를 중심으로 돌아가고 모든 시선이 나를 향한다고 느끼던 시절도 있었다. 그래서 나는 수업 시간에 졸아본 적이 없지만 대신 인정받기 위해 공부하지도 않았다. 외우는 것을 좋아하지 않아서 단어 시험을 보면 패스할 수 있는 수준만큼만 했다. 아마 국어 공부도 암기할 게 많았는데 열심히 하지 않았다. 노력에 비해 성적이 좋았던 건 아마 몰래 읽거나 밤새 읽은 독서 때문이었을 것이다. 내 경우엔 즐겁게 할 때 결과가 좋았고 그 결과에서 욕심을 내면 실망을 경험했다.

「용비어천가」도 외웠고 「관동별곡」도 외웠고 시험에 자주 출제되는 시조나 향가들을 외웠던 것은 기억하는데 정작 시는 머릿속에 머물러 있지 않다. 그럼에도 아름다운 석양을 보면 떠오르는 시가 정현종 시인의 「갈데없이」다. 고민이 많았던 20대엔 바다를 찾곤 했는데 바다를 향해 서서 떠올리곤 하던 시를, 이제는 텃밭에서 사부작거리다 허리를 펴며 가장 많이 읊조린다.

사람이 바다로 가서
바닷바람이 되어 불고 있다든지,
아주 추운 데로 가서
눈으로 내리고 있다든지,
사람이 따뜻한 데로 가서
햇빛으로 빛나고 있다든지,
해지는 쪽으로 가서
황혼에 녹아 붉은 빛을 내고 있다든지
그 모양이 다 갈데없이 아름답습니다.

대학생이 되고 고등학교 은사님께 편지를 받았다. 말린 수선화가 편지지에 곱게 붙어 있었다. 교무실 앞에 무더기로 피어 있던 수선화 중에 몇 송이가 내게 왔고 지금도 간직하고 있다. 어쨌든 나는 가족과 선생님들, 친구들의 기대가 고마워 부응하려고 노력했다. 시골에서 도시로 나오자 사회에 눈을 떴다. 스무 살은 정의감이라는

DNA가 활성화되는 시기였던 것 같다. 영자신문사에 들어간 후로는 매일 대자보를 베껴야 했고 부조리한 사회 문제에 눈을 감을 수가 없었다. 학교 교정을 헤집고 다니고 취재를 목적으로 건물 곳곳을 찾아다녔다.

동시에 공부도 열심히 해야 했다. 일정 성적을 유지해야 전액 장학금을 유지할 수 있었고 시험과 공부를 좋아하는 나름 '변태' 기질도 갖고 있다. 좋아해도 드러내놓고 좋아한다고 말할 수 없는 것들이 있는데 그중 하나가 공부다. 좋아한다고 다 잘해야 하는 것은 아니고 누구를 이기는 데는 관심이 없었다. 시샘과 멸시 사이에서 경쟁하는 분위기를 견디기엔 나는 사회 부적응아에 속한다. 경쟁할 생각은 없었지만 누가 아는 것을 내가 모르거나 누가 읽은 책을 내가 안 읽었으면 열심히 찾아 읽기는 했다. 뭔가 알아가는 과정이 좋았다. 이제는 다른 사람이 아는 지식을 내가 아는 것이 중요하지 않다는 것을 인정하게 됐다.

영문학 개론 시간에 홀브룩^{David Holbrook}의 시 「문틈에 낀 손가락」^{Fingers in the Door2}을 만났다. 시적 화자인 엄마가 방심한 사이 문설주 틈에 아이의 손가락이 낀다. 타는 고통으로 몸부림치는 아이에게 어떤 위로나 도움을 줄 수 없다는 무력감을 몇 광년의 거리로 느낀다. 한때는 엄마와 한 몸이었던 아이지만 아이의 고통을 덜어줄 수도 없고 느낄 수도 없다. 아득함과 손가락의 고통이 동시에 느껴지면서 기억 속에

2) R.J. Rees, *English Literature*, Macmillan, 1973, pp. 6~7.

묻혀 있던 질문을 떠올리게 했다. 사르트르는 타인이 지옥이라고 했지만, 나는 내 감옥에 살고 있었다. 도무지 나 자신 밖을 나갈 방도가 없었다.

비슷한 시기에 한트케[Peter Handke]가 시나리오를 쓴 벤더스[Ernst Wilhelm Wenders] 감독의 〈베를린 천사의 시〉[3]를 봤다. 슬프면서 아름다웠다. 지상으로 내려온 천사들과 사람들의 마음을 위로하고 희망을 만들어주는 천사의 존재가 맘에 들었다. 날개를 잃고 지상에 떨어진 천사 다니엘은 이마에서 나는 따뜻한 붉은색 피와 통증에 열광한다. 기뻐했지만 이제 그는 타인의 마음을 읽을 수 없게 되었고 자신의 몸에 갇혔다. 무엇보다 펜촉으로 써내려가며 읊어주던 시 「아이의 노래」가 독일어 한 단어 모르던 내게도 아름답게 들렸고 시의 일부가 머릿속을 헤집고 들어왔다.

왜 나는 나이고 네가 아닐까?

왜 난 여기에 있고

저기에는 없을까?

시간은 언제 시작되었고

우주의 끝은 어디일까?

태양 아래 살고 있는 것이 내가 보고 듣는 모든 것이

3) 1987년 프랑스 독일 합작인 〈베를린 천사의 시〉는 빔 벤더스와 페터 한트케가 공동으로 시나리오를 썼다. 원제는 베를린 위의 천국(Der Himmel über Berlin)이며 영어 제목은 Wings of Desire이다.

모였다 흩어지는 구름 조각은 아닐까?

악마는 존재하는지, 악마인 사람이 정말 있는 것인지,

내가 내가 되기 전에는 대체 무엇이었을까?

지금의 나는 어떻게 나일까?

과거엔 존재하지 않았고 미래에도 존재하지 않는

다만 나일 뿐인데 그것이 나일 수 있을까…

도서관에서 공부하다 기쁜 마음으로 뛰어 내려오던 기억이 난다. 어느 한 장면은 자꾸 반복적으로 나를 찾아온다. 그 순간의 기쁨은 아마 내게 종이 한 구석에 몇 글자 남기게 했을 것이고 주변 사람들에게 이야기하면서 언어의 옷을 입혔던 것은 아닐까. 그 순간의 장면과 기분까지도 선명하게 살아남았다. 그때 읽고 있던 책은 하루키村上春樹의 소설 『하드보일드 원더랜드』였다.

"사람들이 아무리 나를 버리고 내가 아무리 사람들을 버리고 뛰어난 자질과 꿈이 소멸되어 간다 해도, 나는 나 자신 이외의 그 무엇이 될 수 없다."

열네 살 고민은 여전히 해결되지 않는 채로 내 인생의 여름을 맞고 있었다. 스무 살의 나는 여전히 나라는 존재에 갇혀 있었다. 내 의식은 내 몸 밖을 나갈 수 없고 유령처럼 바깥 동정을 살피는 정도다. 나와 똑같이 자신의 감옥에 갇힌 타자와 대면했을 때 우리는 이중의 감옥 앞에 선다. 나는 나를 표현할 길이 없고 타인의 말이 이중의

벽에 막혀 내게 도달하지 않는다고 느낄 때가 많다. 혹은 같은 것을 다르게 표현하고 다른 것을 같다고 동의하는 데 익숙해진 건지도 모른다. 인간은 언어로 구성되고 또 언어라는 경계 밖을 알지 못하며 그나마 불안전한 소통만을 허용한다. 내 이십 대엔 살아가기 위해 많이 노력해야 했고 사회 문제들이 머릿속을 채우면서 내면의 소리를 들을 여유가 없었다.

마흔을 훌쩍 넘어서도 나는 답을 찾지 못했다. 나는 누구인가? 내 안의 어느 부분이 내가 아닌가? 이 질문을 탐구하기에는 방법을 알 수 없으며, 해결해야 할 질문이 너무 많다. 예를 들어 나는 이 나이가 되도록 내가 잘 살고 있는 것인지, 앞으로 어떻게 살아야 잘 사는 것인지 묻고 또 묻는다. 이반 일리치[4]처럼 임종 앞에서 이 질문을 할 수는 없지 않은가? 그러나 소로의 말처럼 '내가 나 자신이 아니라면 과연 누가 나를 대신하여 내가 될 것인가?' 다른 방도를 모르는 나는 걸으면서 나 자신의 동행이 되는 것을 선택할 수밖에 없다. 돌아올 길을 생각하지 않고 무모하게 걸을 때가 있다. 걷다 보면 들고 있는 짐이 거추장스럽게 느껴지고 머릿속에 떠오르는 생각들도 하나씩 떨어져 나간다. 오로지 '나'만 남는 순간과 만난다. 아니다. 내 시선이 닿던 풍경과 하나가 되어 나 역시 풍경이 되는 순간.

4) 톨스토이의 『이반 일리치의 죽음』에서 일리치는 삶이란 가볍고 즐겁고 품위 있게 흘러가야 한다고 믿었고 성실하게 상류층 사회에서 성공적인 삶을 살았지만 갑자기 병에 걸려 고통스럽게 죽어가자 '곧 나아질 거'라고 의미없는 위로를 하는 동료들, 의사, 가족들에게서 상처받으며 마지막 순간에 지금까지 '사실이라고 믿었던 것이 거짓이라면 어떡하지?'라는 통찰의 질문을 던진다.

이렇게 혼자서 화구 상자에 이젤을 메고 봄날의 산길을 어슬렁어슬렁 걷는 것도 바로 이 때문이다. 연명과 왕유의 시경을 자연에서 직접 흡수해서 잠시 동안이라도 비인정非人情의 천지를 소요하고 싶은 것이 소망이다. 일종의 취흥이다.(『풀베개』, 16쪽)

도시에서 혼자 힘으로 산다는 것은 비용이 많이 드는 일이다. 운 좋게 장학금으로 대학을 졸업했고 잠시 학원 강사로 일하다 대학원을 진학했다. 그리고 일하면서 대학원 등록금과 생활비를 벌어야 하는 빠르게 도는 쳇바퀴 같은 생활을 계속했다. 밤새 공부를 하고 사전을 찾던 그 시절이 그립기도 하다. 일기를 쓰다 말다 다시 쓰기를 반복했고 지금도 그렇다. 읽겠다고 다시 꺼내는 일은 거의 없다. 가끔 정리병이 돌아 책장을 정리하다 찾은 일기장을 펼쳐보면 젊은 날의 내가 참 낯설다. 가끔은 누군가가 어느 장소가 몹시 그리울 때가 있다. 그 풍경을 담은 내가 거기 있기 때문일 것이다. 그때는 못느끼고 있었지만 왜 청춘을 불안한 시기라고 하는지 알 것도 같다. 히스테리하고 불안한 청춘을, 내 일기장에서 발견할 줄은 몰랐다. 그 시절에 대한 내 기억은 행복한 그 시절의 나이기를 바라는 방향으로 계속해서 수정했는지도 모르겠다.

이십 대 초반부터 가르치는 일을 쉰 적이 없는데 배우는 것에 더 열정을 쏟았다. 농담 반 진담 반, 배우는 게 취미가 됐다. 해야 할 일이 많은데 새 책을 펼칠 시간이 없거나, 뭔가를 배우는 과정이 아니라면 마른 우물 바닥을 바가지로 긁는 기분이었다. 익숙한 것보다 새로운 것이 주는 자극으로 또 몸을 움직일 힘을 얻는다고 믿는 이상 계속해서 정신없이 바쁠 나날을 보낼 수밖에 없었다.

남들이 아는 것을 모를까 봐 불안하고 조바심 나는 것 역시 어쩔 수 없었다. 언급되는 책들을 무작정 찾아 읽고 열심히 했던 것 같다. 읽은 책을 다시 읽지 않던 나는 한 번에 뭔가를 알아야 했고, 또 안다고 일단락 짓고 책을 덮어야 했다. 한 번 읽은 책은 다시 읽지 않던 시절은 젊음과 함께 지나갔다. 이제는 읽은 책을 수없이 다시 읽어도 새롭다는 느낌을 받는다. 소설과 시는 읽어도 수필은 읽지 않았다. 자기개발서는 더욱더 거리가 멀었다. 어려서 먹지 않던 미나리를 입맛이 바뀌어 싫어하던 향 때문에 찾아 먹게 된 것처럼 이제는 수필을 더 가깝게 느낀다. 삶은 늘 새로움으로 가득하고 익숙하던 것에서도 새로움이 샘솟는다.

십여 년을 열심히 뮤지컬과 연극을 보러 다녔다. 갑자기 생긴 취미는 아니었다. 열심히 영화를 보다가 연극과 뮤지컬로 관심이 확대됐다. 동호회에 가입했고 부지런히 단체 관람을 신청하고 맘에 드는 작품은 몇 번씩 보러 가고, 혹시라도 빠트리고 못보는 작품이 있을까 조바심내던 때도 있다. 그러다 습관처럼 일정이 비는 시간에 평일이든 주말이든 관극 일정을 채웠다. 꽤 오래 즐거웠다. 셀 수 없는 작품을 보고 배우들의 프로필을 꿰고 공연 보고 뒤풀이도 즐겁던 나날이었다. 일상이 과로 상태였다. 열심과 효율로 다이어리를 꽉꽉 채웠고 월요일부터 일요일을 꽉 채워 살고 또 월요일을 맞았다. 다이어리에 일정을 빡빡하게 채워 넣고 색깔 있는 펜으로 줄을 긋고 지우는 나날들이었다. 공부도 하고 일도 해야 하고, 취미 생활도 일 못지않게 열심히 했다.

이십 대는 빠른 걸음으로 걸었다. 학생의 신분을 벗어나 본 적이 몇 달 안 될 정도로 늘 배우는 사람으로 살았다. 거기에 생활을 위한 일과 취미 생활을 잇기 위해 분주하게 걸어야 했다. 늘 바쁘고 열심히 사는 사람이라는 인상을 남기면서. 걷는 일이 생존을 위해 중요한 수단이었다. 열정을 쏟아 책, 공부, 공연, 인간관계에서 쾌락을 찾던 시기였다. 나는 그때의 열기를 내 에너지라고 생각하고 살았다.

몸이 쉬지 않고 움직일 때는 해야 할 의무들이 머릿속을 채우고 있었다. 열심히 일한 내게 주는 보상이 휴식이 아닌 새로운 일거리였다. 보통은 공연을 예약하거나 여행 계획을 세웠으니까. 나는 누구인가, 어떻게 사는 것이 옳은 것인가를 내게 더는 질문할 여유가 없었다. 한마디로 이십 대와 삼십 대 초반의 나는 너무 바빴다. 시간에 쫓겼고, 피곤했고, 열정에 사로잡힌 내 바쁜 걸음은 내가 지난 수많은 장소와 경험에 애정을 느낄 시간을 줄 여유가 없었다.

맛집 소개와 먹방이 인기를 끈 지 오래다. 풍요의 시대에 살면서도 우리는 욕구 불만과 소화 불량의 사이를 쉼 없이 오가며 욕구를 소비한다. 음식을 앞에 두고 먹으면서 눈은 다른 사람이 먹고 있는 것을 좇고 있다던가, 다음에 먹을 메뉴 얘기를 하는 식이다. 지금 먹고 있는 것도 같은 방식으로 정해진 것인 텐데도. 젊은 날의 조바심과 분주함은 오래 기다리고 느리게 이루는 꿈을 꿀 수 없게 만들었다. 개인의 일관성 있는 욕망도 아니고, 몇 명도 아닌 불특정 다수의 함께 하기 어려운 욕망들을 수용할 수 있을까. 물건을 선택하는 것에서부터 삶에 대한 태도에 이르기까지, 젊은 우리는 주저앉아 스스로 생각하고 결정할 기회를 우리 자신에게 주기 어렵다.

양가성이니 양가적 감정에 고개를 끄덕이며 내 안의 불일치와 화해하려고 해본 적이 있다. 욕망은 충족될 수도 없고 끊임없이 샘솟는데 나도 알 수 없는 욕구와 변덕조차도 잘 돌봐야 한다. 그러나 모든 것이 나라고 수용하기에는 내 안에는 너무 많은, 시시때때로 변하는 타인들의 욕망이 가득했다. 사람들은 열정과 노력에 가치를 뒀다. 결과로 증명할 수 없다면 열심히 달리고 있는 모습이라도 보여야 열심히 사는 사람들을 불안하게 하지 않는다. 생활 자체가 과열 상태였는데, 사람들은 그 모습에서 열정과 활기를 느꼈다. 나는 내 것이 아닌 것 때문에 소진돼 가고 있었는지도 모른다.

치열했던 여름과 태풍의 손톱이 지나간 여름은 늘 힘들었다. 겨울에 태어난 이유 때문인지 나는 여름이 힘들다. 몇 년 전까지만 해도 싫어하는 계절이었다. 여름이면 더위와 습도가 나를 미치게 했고 한여름 뜨거운 열기에 몸도 의식도 엿가락처럼 늘어질 대로 늘어지거나, 이따금 팽팽해진 고무줄의 어느 부분이 딱 끊어지는 그런 상상을 했다.

높은 곳을 보고 걷는 사람에게는 언제나 더 높은 곳이 나타나기 마련이고 사방이 높은 산으로 둘러싸여 있을 땐 깊은 계곡에서 홀로 길을 잃은 기분이 든다. 그러다 책 때문인지, 식물 때문인지 아니면 내 타고난 게으름을 인정한 탓인지, 나는 다 갖는 불가능에 매달리기보다 버리는 쪽을 선택하기로 했다. 어디까지 버릴 수 있는지 나를 실험해봐야 하겠지만 버리는 일이 채우는 일보다는 쉽고 더 빨리 도달할 것 같았다. 자연스럽게 본래의 상태로 돌아가는 일이기도 하다.

추석에 고향에 내려가면 종종 철 지난 바다를 찾는다. 바다는 늘 그대로이니 인간이 만든 철이다. 이른바 성수기라고 부르는 때에는 고향 집도 방문하지 않는다. 찬 바람이 불면 바다 생각이 난다. 지금은 도시 부럽지 않은 펜션과 커피숍을 쉽게 찾을 수 있지만, 전에는 하나뿐인 수퍼에서 500원짜리 믹스 커피 한 잔을 마시고 등대가 있는 방파제까지 걸어갔다 돌아오는 짧은 걸음이 하나의 의식이 됐다. 여름 끝자락의 따스한 온기가 모래에 남아 있고 가을 바람은 또 다가올 계절을 예고했다. 나와 비슷한 여행객이 몇몇 보였는데 여름날의 과열과 북적임 때문인지 꽤 쓸쓸한 기분을 주곤 했다. 잔치가 끝나고 손님들이 다 가고 일상으로 돌아가기 위해 치워야 할 것들을 마주하는 기분.

여름에는 산을, 겨울에는 바다를 즐겨 다녔다. 젊은 날엔 호기심도 많고 떠나고 싶은 마음을 일으키는 바람이 쉽게 불었다. 고양이를 키우고 있어 겨우 이삼 일 집을 떠날 수 있었고 더 길게 집을 비우려면 근처 사는 여동생에게 고양이를 부탁해야 했다. 집안에서 식물을 키우면서 긴 여행은 더 멀어졌다. 스스로 움직이는 고양이보다 식물이 사람의 부재에 더 예민했다. 물을 충분히 주고 저면관수를 해도 집을 비운 티를 가장 많이 내는 것이 식물이다.

텃밭 농사를 지으면서 여행에 대한 생각을 덜 하게 됐다. 텃밭은 나의 휴식처이자 마트이자 놀이터였다. 지금도 내가 가장 좋아하는 곳은 텃밭과 주변의 숲(상상캠퍼스)이다. 생각해보면 누구에게나 이처럼 보물 같은 곳이 존재할 것이다. 내가 얻는 기쁨은 공원의 규모나 시설에서 오는 것이 아니다. 가끔 누군가를 초대해 함께 걷기도 하지만, 주로 혼자 걷는다. 특별히 말을 걸어주는 나무가 있고 그리 긴 산책이 아니어도 앉아 보는 벤치가 있고 많이 걷다 보니 만들어진 길이 숨어 있다. 모든 기쁨을 온몸으로 느끼는 시간이다. 자연은 그 자체로 내게 선물이다.

자연 속을 걸을 때면 늘 즐겁지만, 특히 자연스럽게 오르고 흘러내리는 것들에서 아름다움을 발견한다. 자연에는 직선이 없다고 들었다. 게으른 천성에 맞게 일부러 곧게 만든 외목대도 억지로 구부려 만든 분재도 좋아하지 않는다. 취향의 문제다. 나무들이 햇살을 나눠쓰기 위해 자연스럽게 기울여 만든 아치와 사람들이 걷고 걸어 만든 오솔길을 좋아한다. 구불구불 이어지는 곡선의 아름다움에 마음이 쉽게 움직인다.

한참을 무상무념 자연과 함께 오롯이 나 자신으로 걷다 걸음을 멈추는 순간 주변과 관계를 맺는다. 숲길을 걷고, 텃밭을 돌고, 산을 올랐다 내려오면 나는 다시 도시의 골목을 걷는다. 텃밭의 노동과 등산의 고통이 클 것으로 생각하지만 자극적이지 않다. 그러나 고요하던 자연의 산책길을 뒤돌아 나오면 도시의 면면이 내게 많은 말들을 흘려보낸다. 사람들 사이를 걸을 때는 속도와 넘치는 자극으로 마비가 올 정도다.

산책 중에도 많은 사람을 만난다. 누군가의 뒤를 따라가기도 하고 마주 보고 걷다 스치기도 한다. 스치면서 흘리고 가는 그들의 대화를 곱씹을 때가 있다. 어떤 풍경과 어떤 말에 고무되어 생각이 춤을 추기도 한다. 내 산책길 풍경에는 사람들이 존재한다. 내 사색을 자극하는 촉매제들이다. 스치는 풍경과 잘린 말들로 이야기를 만드는 즐거움을 누리기도 한다.

매일 걷는 곳을 걷다 보면 지인을 만나기도 한다. 여행길에서 친절한 눈길을 주고받으면 짧은 인사를 나누듯 산책길에도 유연한 만남과 헤어짐이 존재한다. 만남은 주저앉아 몇 시간의 수다를 떠는 일이 없이 밝고 가볍다. 반가움과 친절함이 가득한 순간. 그리고 적당한 거리가 유지된다. 걷기는 급할 것 없는 동작이지만 걸어온 곳에서 걸어갈 방향으로의 운동이다. 타인은 사회를 사는 내게 중요하며 내 존재 확인 역시 필요하다. 다만 타인과의 거리가 좁혀지면 자유가 침해될 수 있고 오랜 시간을 공유하면 예의를 잊게 된다. 타인을 많이 만날수록 나를 잃거나 고독해질 수 있다. 하이데거^{Martin Heidegger}는 수다(잡담)를 불안과 염려에 사로잡혀 있는 세인의 주된 특징 중 하나라고 했다.

나는 사람이 없는 자연을 일부러 찾아 나서는 것은 아니다. 운이 좋게 찾아갈 수 있는 텃밭이 두 곳이 있고 좋아하는 도서관이 가까운 곳에 여러 곳이 있고 내가 가장 좋아하는 상상캠퍼스가 지척에 있을 뿐이다. 나는 도시에 살고 있고 도시에서 얼마든지 숲을 만나고, 산을 만나고 들판과 초원을 경험할 수 있다. 심지어 골목길 담벼락 틈새에서도 태고의 존재를 만나기도 한다. 초록색과 씨앗은 상상의 무한한 확장을 가능하게 한다. 오래된 것들과 초록색을 좋아하고 변화에 호기심이 많아 걸어야 할 이유가 많다.

자주 다니는 곳은 도서관, 상상캠퍼스의 생활 1980, 우체국, 그리고 근처 단골 카페다. 책을 쌓아놓고 읽는 것을 좋아하고 언제부터 한 번에 여러 권의 책을 동시에 읽는 습관까지 생겼다. 책을 수용할 수 있는 공간이 한정돼 생긴 습관이 도서관에서 책을 빌리는 것이다. 도서관까지 십여 분을 걸어가며 들어오는 풍경과 사람들의 모습, 도서관 서가에서 필요한 책을 찾고 괜히 목적 없는 걸음은 말할 것도 없고 도서관 다녀오는 길에도 새로운 길을 탐험한다. 대단한 모험은 아니지만 가보지 않는 길을 선택한다. 막힌 길을 만나 되돌아 나오기도 한다. 낮은 담벼락 안팎으로 온갖 종류의 용기에 심어놓은 꽃이며 채소들과 인사한다. 일상에서 새로움을 발견하는 아주 쉬운 방법이다.

길을 나섰다 돌아오는 풍경은 갈 때와 올 때의 풍경이, 측면에서 보는 풍경과 풍경 속에 들어 있을 때 경험이 결코 같지 않다. 사실 같은 길을 여러 번 걸어도 그 경험은 늘 새롭다. 감히 나는 매일 걷는 그 길에서도 새로움을 만난다고 말할 수 있다. 가던 길을 멈추고 쭈그리고 앉아 노란 꽃을 피운 괭이밥과 대화를 나누고 흙 한 줌 없는 콘크리트 갈라진 틈새에서 자란 단풍나무에게 위로의 말을 건네기도 한다.

우체국은 씨앗과 모종 혹은 채소를 보내러 가는 곳이다. 텃밭에서 기른 채소를 보내기도 하지만 주로 채종한 씨앗을 소분 봉투에 담아 이름을 적어 멀리 보내기 위해서다. 보이지 않아도 내 일상을 함께 하지 않아도 같은 마음을 공유하는 사람들에게 보내는 선물이다. 물론 나 역시 그와 같은 귀한 선물을 편지함에서 꺼내 열어보는 기쁨을 누리고 있다. 집까지 찾아오는 택배 예약을 할 수도 있지만 나는 우체국이 텃밭 가는 길, 내 단골 카페 옆에 있어서 걸음을 아끼고 싶은 마음이 들지 않는다. 택배를 포장하고 주소를 적고 대기하는 순간에 연애편지를 주고 받는 것도 아니면서 황동규 시인의 「즐거운 편지」를 떠올린다.

이유 없이 단골 카페가 앉아 있곤 한다. 커피를 좋아해서 커피 관련 책이 쌓아놓고 맛이 좋다는 커피집을 주소 찍고 찾아다니던 날들이 있었다. 드립을 하거나 모카포트로 커피를 추출해 커피를 마시다 스페인 여행에서 머신 커피 맛을 알게 됐다. 바리스타 수업을 듣기도 했는데 게으름과 간소함을 핑계로 캡슐 커피를 찾게 됐다. 뭔가를 조금 안다는 것은 세련된 즐거움 하나를 추가하는 것일 수 있지만 많은 일상의 순간에 불만족을 일으킬 수 있다. 커피 하나만 보더라도 내가 아는 만큼의 맛과 방식이 충족되지 않을 때 불만의 찌꺼기를 쓴 커피와 함께 내 안으로 흘려 넣어야 한다.

집에는 나를 가만두지 않는 일거리(해야 할 일이 많을 때 집이 깨끗해진다.)와 세 마리 반려묘가 있기에 단골 카페로 집 탈출을 감행해야 할 때가 있다. 좋아하는 커피가 있고 무엇보다 이곳은 허브와 아스파라거스를 심어놓은 텃밭에서 멀지 않다. 카페는 텃밭에서 즐거운 노동을 마치면 흙투성이 땀 범벅 농부가 들르는 참새 방앗간이 되었다. 손님이 없을 때는 사장님과 이야기를 두런두런 나눌 수 있고, 자주 들락거리다 보니 동네 사는 손님들과 인사하는 사이도 꽤 늘었다. 보기 드문 동네 사랑방 같은 카페라 우리 동네처럼 친근하다. 그런데 이런 특별함은 자주 있는 일이 아니고 대개는 만석인 테이블에서 한꺼번에 쏟아내는 말들의 집중포화를 견뎌내야 한다. 가끔은 알고 싶지 않은 내용들을 듣게 되는 것이 불편하고 소음이 신경을 거슬릴 때도 있지만 내게 무관심한 사람들 틈에 있는 것이 편한 순간도 있다.

카페에 갈 때는 읽을 수 있든 없든 책을 들고 나간다. 책은 주로 상상이나 도서관에 읽었는데 코로나로 자유로이 출입할 수 없게 되니 혼자 앉아 있을 곳이 카페밖에 없었다. 산책을 나가거나 등산을 갈 때는 최대한 짐을 들지 않는데 어디에 편안하게 자리를 틀 생각을 하면 내 영역을 표시할 물건을 하나 둘 챙기게 된다. 우리는 물건으로 말을 건네기도 한다. 여긴 내 영역이라고.

스토아학파의 철학자인 에픽테토스Epictetos(Epictetus)는 말했다. "당신은 당신이 관심을 두는 것이 된다. 만약 어떤 생각과 이미지에 자신을 노출시킬지 선택하지 않으면 다른 누군가가 그렇게 할 것이다." 내 시선이 어디를 향하느냐는 중요하다. 나 자신을 반영하기 때문이다. 내가 바라보는 대상은 내 어떤 측면에 말을 걸 것이다. 도시의 사람들과 인공물들은 깨진 유리처럼 산산이 조각난 나를 비춰준다. 자연은 있는 그대로 비춰주는 투명한 거울과 같다.

산을 정복하는 사람이 많다. 굳이 산이 아니라도 인간에게는 어느 정도 오르는 일이 숙명과도 같아 보인다. 이슬람 신자들이 일생에 이루고 싶은 일 중 산티아고 순례길을 오르는 일을 꼽는다. 순례길이 정말로 오르막길인지는 모르지만, 내리막길이라 해도 '오른다'는 표현을 쓸 것이다. 대부분은 삶의 굴레가 단단하게 뒷자락을 잡고 있어 쉽게 시작하기 어렵다. 꿈을 이루고 나면 허탈할까 봐, 목적 없는 삶을 걱정하며 일생의 소원 하나쯤 남겨둔다는 사람들도 있다.

산에서 시작했으니 산을 비유로 들자면 누군가는 웬만한 산은 다 올라봤으니 마지막 남은 산을 오르면 목표 없는 삶을 어떻게 살아야 할까 미리 고민하기도 한다. 그러나 아마도 괜한 기우일 것이다. 마지막 산에 오르기 전에 산의 고도와 험준함 외에도 그 과정에 만나는 길의 모양과 식생과 스치는 인연들과 그날의 상황과 기분이 오롯이 내 경험이 된다는 것을 알게 될 테니까.

나는 결국 완성하지 못한 박사 논문을 꽤 오래 붙들고 있었다. '논문은 학문의 완성이 아니다. 시작이다.'라는 격려의 말을 들었다. 혹은 논문과 임신의 유사점에 대해서도 몇 번 들은 적이 있다. 일단 시작하면 시간이 지나면 태어난다는 것인데, 내게는 같은 것이 아닌

게 분명했고 내가 세상에 내놓을 논문은 생명과는 비교 대상이 될 수 없었다. 아무튼 나는 공부와 생계 사이를 오가면서 조이스^{James}^{Joyce}의 레오폴드 블룸과 긴 산책을 해온 셈이 됐다.

『율리시스』는 어려워서 읽지 못하는 책인 줄 알다 쪼개 읽으면서 겨우 읽었다. 이십 대 땐 스티븐 디덜러스에 감정 이입을 했다. 불만 가득한 채 방황하는 불안한 젊은 예술가. 『율리시스』에서 수도 없이 본 부분이 스티븐 디덜러스와 친구 벅 멀리건의 탑에서의 대화 장면과 식사 장면이다. 어머니의 구혼자들 속에서 자기 존재를 증명하기 위해 아버지를 찾아나선 네스토르가 메넬라오스의 집에서 식사 대접을 받고 아버지의 소식을 듣는 장면을 연상시킨다. 물론 신화 속의 웅장함과 고귀함은 찾아보기 어렵다. 햄릿의 유령처럼 디덜러스의 머릿속을 지배하는 어머니의 임종 장면과 디덜러스의 불안하고 불만스러운 생각을 따라가며 읽다 포기하기를 여러 번 했다.

논문을 쓰려는 시도를 여러 번 하는 과정에서 나는 스티븐의 나이에서 블룸만큼 나이 먹게 되었다. 블룸의 기분을 느끼고 블룸의 시선을 따라가게 된 건 어쩌면 당연한 일인지도 모른다. 1부가 디덜러스의 이야기라면 에피소드 4로 시작하는 2부는 블룸의 이야기로 시작한다. 나는 블룸이 아침에 일어나 아내와 자신의 아침 준비를 위해 시장에 가고 식사 준비를 해서 아내에게 가져다주고 고양이에게 우유를 따라주는 일상으로 하루를 시작하는 장면에서 적잖이 안도가 됐다. 어떻게든 문지방은 넘은 셈이었고 어느 순간 블룸의 시선을 따라 더블린을 여행하고 더블린 사람들을 만나고 다시 읽을 때는 블룸의 옆에서 함께 산책하는 나 자신을 발견했다.

조이스는 "아일랜드 사람들로 하여금 잘 닦인 거울에서 자신들의 모습을 잘 볼 수 있게"『더블린 사람들』을 썼다고 한다. 그의 작품은 암울함과 마비라는 주제로 수없이 회자되지만 나는 더블린을 구성하는 남녀노소의 삶들을 바라보는 작가의 따뜻한 시선과 연민을 느꼈다. 그는 또 "만약 어느 날 더블린이 이 지구상에서 사라진다 하더라도 자신의 작품을 보고 다시 재건할 수 있을 것"이라고 말할 만큼 실재 지형, 건물, 이름, 주소 등에 입각해 충실하게 작품을 썼다. 내 머릿속에 반복적으로 출현하는 고향의 어느 장소와 물건, 동물, 식물, 사람, 말의 작은 조각이 있지만 나는 그것의 전체를 완성할 수가 없다. 내가 직접 경험한 과거지만 아무리 노력해도 불가능할 것이 분명하다.

조이스는『율리시스』를 1904년 6월 16일, 더블린을 배경으로 썼다. 이날은 신문에 날 만한 어떤 특기할 만한 일도 일어나지 않는 아주 평범한 날로, 블룸의 하루 행적을 따라가며 도시를 배회하는 군상들을 보여준다. 그러나 역사적으로 전혀 특별할 것 없는 이 날이 조이스에겐 노라 버나클과의 첫 데이트에 성공한 특별한 날로『율리시스』는 사랑으로부터 탄생한 작품이기도 하다. 조이스에게는 고향인 더블린에 대한 애정과 평생의 동반자와의 만남이라는 특별한 의미를 지녔다. 그러나 내게는 전혀 특별할 것 없는 날, 블룸의 평범한 하루 일상이라는 것이 나를 매료시켰고 논문의 부담 때문이기도 했지만 오랜 기간 블룸은 내 산책길에 동행하게 됐다. 나 역시 읽고 걷고 또 읽는 과정에서 블룸의 산책길을 따라갔다.

블룸은 우체국, 목욕탕, 도서관, 신문사, 패디 디그넘의 장례식장, 오먼드 호텔 바, 산부인과 등 다양한 곳으로 이동하면서 눈에 보이는 장면과 사람들을 경유하는 사색에 빠진다. 심지어 주점에 앉아 있을 때, 북적거리는 소음과 노랫소리를 배경으로 상상과 환상 속에서 절대 일어나지 않을 가능성의 향연이 벌어진다. 머릿속에서만 일어나는 결코 성취될 리 없는 몽상만이 가득한데 일상에서 마주치는 사물과 사건의 자극에 사로잡히지 않고 매끈하게 다른 몽상으로 이동한다.

조이스의 『율리시스』는 그 난해함 때문인지 연구들조차 난해하지만 도시의 중년 남자 블룸의 특별히 이룬 것 없는 평범한 하루의 일과를 따라 걷다 보면 어쩐지 우리의 모습을 비춰주는 거울을 곳곳에서 만난다. 망상과 감상과 적당한 거리 두기는 자극적인 도시에서 개인이 살아남는 하나의 전략이기도 하다.

블룸은 고양이에게 음식을 나눠주고 눈먼 젊은이의 손을 잡아주는 따뜻한 마음을 지녔다. 친구의 장례식에 참석하고 유족을 위해 5실링을 기부하고 난산을 겪는 퓨어포이 부인을 위해 산부인과를 찾는다. 의뢰받은 광고 일을 처리하고, 밤거리를 배회하는 친구 아들의 보호자가 되려고 애쓴다.

블룸은 무의식의 흐름을 따라 자유롭게 떠오르는 상념들과 함께 걷는다. 하루의 대서사시. 블룸의 위대함은 직업적인 성공이나 사회 기여도 혹은 바람직한 아버지나 남편으로서 획득하는 것이 아니다. 시도 때도 없이 욕정이 찾아오고 아내의 외도에 대한 불안이 엄습하지만 적극적으로 대처하지 않는다. 아버지의 자살, 어린 아들의 죽음, 친구의 죽음, 그리고 아내의 외도에 대한 불안한 마음이 그를 끊임없이 따라다닌다. 블룸은 괴로워하기보다는 상황과 생각을 깊고 넓게 탐색한다. 동시에 도움을 필요로 하는 존재(동물, 걸인, 불행한 사람들, 방황하는 젊은이)들에게 따뜻한 시선과 도움의 손길을 내밀 줄 안다.

"한 사람의 인생은 모두의 인생이다." 그는 식사 준비를 하고 일을 하고 이웃의 생로병사에 참여하며 아버지로서 딸의 남자친구를 걱정한다. 자신의 몸에 흐르는 유대인의 피를 인식하고 사회의 수많은 사람에게 적당한 관심을 둔다. '적당한' 관심은 무심하게 뒷담화를 하거나 신경쓰기 싫어 거리를 두는 것이 아니다. 그의 생각은 어느 한쪽으로 치우지거나 하나를 결정하지 않은 만큼 깊고 넓다. 하나의 사물, 사건, 사람에 집중하지 않고 적당한 거리를 유지한다. 그가 자극과 의무의 무게에 압사당하지 않을 수 있는 방법이다.

우리의 삶은 우리가 오른 정상들로 구성되는 것이 아니다. 오르고 내려오는 반복적인 과정과 여정에 있다. 그렇기에 우리의 삶에 우리의 하루가 중요해지고 매일 반복적으로 삶을 구성하는 요소들의 가치가 빛나기 시작한다. 루소는 인간을 인간으로 만드는 것은 자연, 사물, 인간이라고 했다. 자연과 사물은 어쩔 수 없는 것이지만 인간만이 인간이 만든 사회 속에서 영향을 미친다. 우리가 할 수 있는 질문은 어떻게 인간이 되어야 할까 뿐이다.

과제 때문에 루소를 처음 읽었을 때는 그의 말 많은 사생활보다 사회계약설 같은 걸 이해할 마음이 없었고 교육학에서 왜 루소를 중요하게 다루는지 이해하기 어려웠다. 루소에 대한 이미지는 그랬다. 동의하지 않는 내용을 공부하다 보면 대상이 미워지는 법이니까. 간혹 루소가 말한 꽤나 멋진 문장 몇 개는 적어두기도 했다. 논문을 쓰는 중에 식물 공부를 시작했다. 식물은 늘 좋아했던 것이지만 논문을 쓰기 위해 책상에 앉는 것이 괴로워 나선 곁길인 셈이다. 그러면서 식물의 매력에 빠져 별자리 책, 커피 책, 고양이 책을 쌓아놓고 읽었듯이 식물 책을 모았다. 쌓아놓은 책 중에『루소의 식물 사랑』이 있었다. 걷기를 철학적으로 사유한 최초의 철학자로 루소를 꼽는다. 그러나 이때까지도 나는 평생을 걷고 사유하고 작품을 쓴 다른 문인들과 철학자에게 더 끌렸고 걷는 루소에는 관심이 없었다.

서한으로 이뤄진 『식물 사랑』을 읽고 루소의 식물에 대한 애정뿐 아니라 그의 해박한 지식에 감탄했다. 그 후로 『고독한 산책자의 몽상』을 읽게 됐다. 어딘지 몽테뉴^{Michel Eyquem de Montaigne}의 냄새가 난다 했는데 정말로 의도가 담겨 있었다. '방랑하다'의 뜻이던 몽상하다^{rêver}'는 17세기 '깊이 생각하다'의 뜻으로 쓰였고, 일상의 흐름에서 벗어나 인간을 현실에 부재하게 만드는 깊은 성찰과 명상, 그러한 상태를 야기하는 자연 속에서 모든 감각을 잠들게 하는 반수면 상태를 포괄한다고 썼다. 그는 자신이 속했던 사회로부터 추방당한 억울함을 해결하기 위해 걸었다. '나 자신은 무엇인가?'가 루소에게 남겨진 탐구의 주제였다. 비엘 호수 주변을 걷고 걸으며 자연에 감탄하며 반복적인 사유와 화해의 과정을 겪는다. 자신이 화해할 대상은 자신을 추방하고 비난한 사회가 아닌 자신과의 화해임을 그는 깨닫는다. 열 번의 산책으로 이뤄진 미완성 작품이라고 나와 있지만 걷는 일도, 삶도 마침표 안에 가둘 수 있는 것이 아니다.

루소는 인류를 위한 큰 업적을 이루고 말년에서야 자기 자신을 탐구하기 시작했다. 그에 비해 몽테뉴는 역사, 종교, 정치가 혼란스러운 피 흘리는 시대를 살면서 공인이자 귀족의 책무를 성실히 이행하면서 독서와 산책을 통해 자기 자신을 연구하다니! 몽테뉴는 루소와 달리 처음부터 끌렸다. 수필을 읽지 않던 시절에도 몽테뉴가 특별해 보였다. 그는 아주 이른 나이에 공직에서 물러나(다시 불려 나가게 됐지만) 자기 자신에 대한 연구를 시작했고 세월과 함께 변하는 자신의 생각을 반복적으로 다시 점검하며 마지막 순간까지 그 연구를 끝내지 않았다.

몽테뉴는 판사라는 신분을 내려놓고 포도밭과 서재를 선택했다. 자신의 서재 기둥에 붙였던 많은 경구 중 유일하게 프랑스어로 쓴 '나는 무엇을 아는가?$^{Que\ sais-je?}$'는 그의 평생의 화두였다. '확실한 것은 하나도 없다.'는 사실 때문에 그는 현실 문제에 어떤 해답도 바로 제시하지 못했다. 그래서 자신의 삶 속에서 직접 보고 경험한 것을 소재로 자신에 대해 쓰기 시작했다. 자기 자신을 쉽게 판단하지 않았고 회의와 성찰은 죽는 날까지 계속되었다.

> 하고많은 헛생각과 부질없는 도깨비 수작을 질서도 목적도 없이 연달아 만들어내, 그 허망하고 괴상한 꼴을 실컷 관찰하고, 또 때가 지나면 이런 일에 마음이 부끄러워지게 하기 위해서 나는 이런 것을 기록하기 시작했다.(『수상록』, 41쪽)

몽테뉴는 자신을 이야기한다. 자신을 법정에 세우고 자신의 법률에 따라 관찰한다. 그는 자신이 너무 많은 말을 한다고 꾸짖는 자들에게 '자신에 대해 생각조차 하지 않은 것'에 대해 불평한다. 몽테뉴는 자기 자신의 생각의 노예가 되지 않기 위해 책을 찾았다. 그리고 그는 읽고 걷고 썼다.

> 나는 그날 그날을 살아간다. 그리고 좀 말하기는 거북하지만 나를 위해서만 살아간다. 내 의도는 거기서 그친다. 나는 젊어서는 남에게 자랑하기 위해서 공부했다. 다음에는 나를 만족시키기 위해서 하였다. 지금 이 시간에는 재미로 한다. 결코 소득을 위해서 한 일은 없다. 이런 종류의 가구(책을 말함)를 가지고 내 필요에 충당할 뿐 아니라 서너 걸음 더 나가서 나를 덮어 치장하려던 낭비적인 헛된 심성은 버린 지 이미 오래다.(『수상록』, 913쪽)

몽테뉴는 죽음에서부터 시시콜콜한 질투나 허영심에 이르기까지 자신과 주변을 관찰하며 자신의 생각을 충실하게 포착하려고 했다. 책과 산책 외에도 몽테뉴의 사색에 있어 와인은 중요한 요소였다. 1611년 발간한 프-영 사전에는 'essay'를 '입증, 시험, 실험, 제안, 시도, 시음, 사물을 만져서 확인하기 또는 군주가 고기를 시식하거나 음료를 시음하는 행위'로 정의하고 있다. 프랑스에서는 'essais'가 '시음하다', '맛보다'의 의미로 자주 이용됐는데 『수상록』은 몽테뉴 자기 자신의 삶을 소재로 한 글쓰기 실험이자 자신의 생각에 대한 매일매일 수정되는 시험이었다.

『수상록』은 자신의 개인적 경험과 생각을 수많은 역사가와 철학자들의 말과 함께 저울 위에 올려놓는다. 삶의 교훈이 풍부함은 말할 것도 없다. 그렇지만 자신을 엄정하고 객관적인 기준으로 알고자 하고 이야기하려는 몽테뉴의 태도는 하루하루가 이어져 평생의 업적이 되었다. 몽테뉴는 자신이 원하는 이상적인 모습에 도달하려고 노력하지 않았다. 그는 '나는 무엇을 아는가'에 도달하는 길을 걸었다. 법전에 따라 판결을 내리듯 책을 들고 산책하면서 쓰고 명상했다. 몽테뉴의 시험은 몽테뉴의 삶이 이어지는 동안 끝나지 않았다. 몽테뉴가 사고의 균형을 위해 로마의 역사가들을 찾았듯 나는 가끔 몽테뉴를 찾는다. 무작위로 어느 곳을 읽어도 공감과 통찰을 준다.

위대한 작가 조이스가 아닌 평범한 블룸, 자신의 마음과 화해하기 위해 걷는 루소, 그리고 자신의 삶을 총체적이고 객관적으로 이야기하는 시험대에 자신을 올려놓은 몽테뉴와 나는 함께 걷는다. 걷는 작가, 걷는 철학자는 수없이 많지만, 이들은 내 상상마저 지지해주고 잘못된 생각에 대해 가차없이 비판해준다. 그들의 생각이 더 궁금해서 나는 또 책으로 돌아간다.

나는 오늘도 목적 없이 길을 나선다. 우리 인간만이 목적에 대해 생각할 수 있는 유일한 존재일 것이다. 자연은 존재하는 모든 것이 목적이 있다. 목적 없음조차도. 자연을 멀리 감상하다 더 다가가 거기 비친 나 자신을 들여다본다. 거울을 보듯 있는 그대로 나를 만나기 위해. 잠시 멈추고 또 삶을 계속해 나가기 위해 걸어야 한다. 우리의 시선이 많이 머무는 것이 우리를 구성한다. 거울에 반영된 것을 계속 보다 보면 거울 속의 나를 내가 닮아간다. 동시에 낯설고 새로운 나를 만나기 위해 계속 걸어야 하지 않을까.

지나치게 완벽하고 많은 것을 성취한 사람들은 칭송의 대상이 되고 어느 순간 모두의 적이 되기도 한다. 우리의 심장은 눈보다 낮은 곳에 있다. 우리는 너무 높은 것을 보고 마음은 그것을 시샘한다. 우리는 비교와 경쟁을 성장의 원동력이라고 믿는다. 누군가는 완벽하지 않을 바에 시도하지 않겠다고 하고, 누군가는 타인과의 관계에서 우위가 완벽이라고 믿고 기준이 되려고 한다. 우리는 각자 능력, 성향, 생각, 방식 모든 면에서 다르다는 것을 인정하면서도 결과를 보고 판단하고 쉽게 인정해버린다. 우리는 타인의 속도와 성취와 상관없이 나 자신의 삶을 누리고 기뻐하고 성장시켜야 마땅하지 않은가. 책임까지도 말이다.

솔닛^{Rebecca Solnit}은 『이것은 이름들의 전쟁이다』에서 "완벽은 완벽하지 않은 모든 것을 망친다."고 했다. "완벽은 그럭저럭 좋은 것의 적이자 현실적인 것, 완벽한 것, 가능한 것, 재미있는 것의 적이기 때문이다." 엄밀히 말하면 완벽함은 가능하지 않다. 신들조차도. 조건을 충족하는 것이 완벽함을 아닐 것이며 완벽함이 존재한다면 그 역시 과정에 있어야 한다고 믿고 있다.

우리집에서 요리 모임을 한다고 할 때 엄마는 고양이들 있는 곳에서 음식을 해 먹는 것도 못마땅한데 깨끗하지도 않은 집에 사람을 초대하는 나도 찾아오는 사람들도 엄마에겐 이상하다. 손님이 오는데 전혀 준비하지 않진 않겠지만 나를 위해 할 수 있는 것 이상으로 무리하지 않는다. 엄마 말처럼 우리집에 오는 이상한 사람들은 '성격이 좋은' 사람들이 확실하다. 결벽증이 있는 엄마는 다른 사람이 집에 오는 걸 좋아하지 않는다. 반면 모델하우스처럼 깨끗한 곳에 가면 나는 불안하다. 적당한 편안함과 적당한 환대와 배려가 편안한 관계를 지속시키는 것이 아닐까? 모든 일에 그렇듯 힘이 많이 들어가면 무리가 되고 다치기 쉽다. 솔닛의 말처럼 "완벽함이 썩 좋은 것의 적이라면 완벽하지 못함은 썩 좋은 것의 친구일지도 모른다."

『벽을 뚫는 남자』라는 에메Marcel Ayme의 작품이 있다. 우리에겐 뮤지컬 작품이 더 친숙한 이 작품에는 주인공 우체국 민원 처리과 직원 듀티율이 소박하고 특이할 것 없는 삶을 살아간다. 성실한 공무원인 듀티율을 게으르고 불성실한 주변 동료들이 비웃는다. 성실한 직장 생활을 마친 그는 우표 수집과 장미에 물 주는 취미로 하루의 삶을 채운다.

정전과 함께 벽을 통과하는 능력이 생긴 걸 알게 된 그는 정신과 의사 듀블을 찾아간다. 의사는 외울 수 없는(배우는 외우고 있지만) 긴 병명을 대며 사랑을 하면 병이 낫는다고 말하면서, 벽을 뚫고 다니는 일이 힘들어지면 먹으라고 약을 준다.

평범한 일상과 단단한 벽을 그리워하던 듀티율은 자신을 괴롭히는 상사를 골탕 먹이고, 시험 삼아 빵을 훔친 후 자신의 능력으로 의적 역할을 하며 국민의 영웅이 되지만 사랑은 쉽게 얻을 수 없다. 이웃에 질투심 많고 폭력적인 검사가 사는데 아내 이사벨은 감금 상태나 다름없는 결혼 생활에 하루 중 겨우 오후 한 시간의 자유를 허락받는다. 이사벨의 관심을 끌기 위해 은행 금고를 털다 판사의 비리를 발견하고 경찰에게 스스로 붙잡힌 듀티율을 위해 몽마르트 주민들은 석방 운동을 벌인다. 이사벨의 집에 찾아간 듀티율은 함께 도망가자고 제안하지만 이사벨은 거절한다. 형무소로 돌아간 듀티율은 재판을 받는다. 판사는 주민들의 증언에도 듀티율에게 사형을 선고하는데 듀티율이 은행에서 가져온 비밀문서를 제출해 검사의 죄를 밝힌다.

석방된 듀티율은 감금된 이사벨의 집으로 가며 피로를 느껴 의사가 처방한 약을 먹는다. 서로의 사랑을 확인하는 순간 벽을 통과하던 듀티율은 벽에 갇히고 만다. 두 주인공이 바라던 대로 듀티율은 단단한 벽을, 이사벨은 자유를 찾게 되지만 결국 불행해진다.

나는 동화 같은 이 작품에서 9시부터 5시까지 시계처럼 정확하면서 매일 반복되는 듀티율의 일상과 남편의 구속과 폭력 속에서 유일하게 허락된 한 시간의 자유를 만끽하는 이사벨의 상황이 인상에 남는다. 이사벨에게는 감금과 구속이 한 시간의 자유의 의미와 기쁨과 대비된다. 평범한 내 삶의 모습에서조차 벽과 문과, 구속과 폭력, 그리고 자유가 무엇인지 생각해본다. 외부와 내부를 구분짓는 벽의 역할과 벽을 뚫을 수 있는 능력이 생기면서 문의 기능이 상실되는 것은 비극의 암시다. 특별한 능력을 획득함으로써 잃게 되는 평범한 능력 말이다.

실상 내가 누리는 것 중 내가 노력해서 얻은 자유란 많지 않다. 내가 어느 것도 희생하지 않고 누리는 자유에 대해서 생각해본다. 가능한 모든 것을 하는 것이 자유가 아니다. 그건 개인의 경계를 무시하는 것이며 결국 덩치 큰 사회의 욕구를 생각 없이 삼키는 것과 다를 바 없다. 〈센과 치히로의 행방불명〉의 가오나시처럼. 사회가 허용한다고 해서 내가 할 수 있는 것은 아니다. '할 수 있다'는 가능성과 함께 능력도 포함한다. 생각과 실천 사이에서 타협을 보지 못하는 경우도 많다. 나는 걸으면서 보고, 생각과 행동, 가능성과 능력 사이의 거리를 잰다.

글을 쓰기 시작하면서 내 기억을 확인하기 위해 책을 펼쳐 본 적이 있다. 스무 살의 독서와 마흔의 독서가 같을 수 없으니 더러는 실망하고 더러는 눈이 떠져 세계가 넓어지기도 했다. 책장을 정리하다 일기장과 책 사이에 끼워져 있는 낙서를 발견하기도 했다. 걷는 일의 의미를 언어로 포착해보고 싶어 글을 쓰기 시작했지만 내 기억들을 하나하나 연결하는 일을 하고 있었다. 글 한 줄을 쓰고 나는 오랜 시간 사색에 잠겼다. 나를 오래도록 들여다보게 됐다. 당연히 노트북 앞에 앉아서도 산책하는 동안에도 나는 과거의 나를 마중 나갔다. 반갑기도 했지만 낯선 나를 만나 어색하기고 부끄럽기도 했다. 전혀 기억에 없는 나를 만날 때는 어찌해야 할지 몰라 그저 서성이기도 했다. 전에는 분명 길이었는데 발길이 닿지 않아 풀들이 길을 덮어 내 몸으로 살았던 내 추억의 일부가 지워져 있었다. 나는 기억에서 사라진 길을 찾기도 했지만 영영 못찾는 길도 있을 것이다.

> 인류가 이제 걷지 않는다면 무슨 일이 일어날지 잠시 생각해보자. 대답은 간단하다. 모든 게 멈출 것이다. 모든 것이? 시간, 공간, 역사, 말과 생각까지. 이 다양한 층위가 연결되어 있는 게 사실이라면, 이것들이 인류를 위해 두 다리로 이미 시작한 하나뿐인 걸음의 서로 다른 요소들을 구성한다면, 인간의 걷기가 소멸하는 건 분명 모든 측면에서 인류의 소멸이 될 것이다.(『걷기, 철학자의 생각법』, 298쪽)

인류나 사회의 문제는커녕 내 길도 풀숲을 헤지며 찾아야 한다. 가끔 열심히 걷고 다져 길을 내야 할 수도 있다. 목적을 가지고 걸어야 할 때도 있고 나도 모르게 길을 만들 수도 있다. 수없이 많은 길을 만나고 발길을 옮길 것이다. 내가 어느 길을 걸을지 선택하고 어디를 걷고 있는지 알고 있다면 막다른 길을 만나 돌아서는 순간도 슬프기만 하진 않을 것이다. 매일 걷는 골목길을 탐색하듯, 내 하루를 살피듯, 하루하루 걸어서 삶을 채울 것이다. 삶은 내가 걷는 길 위에 있을 테니까. 나는 걷는 내가 좋다.(지금은 뛰는 법을 잊었다.) 목적 없이 느리게. 나 자신에 더 가깝게.

보다　　　　강정화

미술관 가는 길

1916년 10월의 어느 날, 일본에서 유학 중이던 청년 이광수는 집 밖으로 발걸음을 옮긴다. 늦은 가을의 낙엽이 길가에 떨어졌다. 그는 아마 연필과 수첩 등 간단한 필기구를 챙겼을 것이다. 왠지 검은색 교복에 모자를 단정하게 쓰고 있을 것만 같다. 한 번도 가본 적 없는 공간에 가는 일은 설레는 일이다. 아니, 어쩌면 조금 긴장했을지도 모르겠다. 격식에 맞춰 어떻게 행동해야 하는지 머릿속으로 여러 번 시연해봤을 것이다. 이광수라면 그러지 않았을까, 생각해본다.

이광수는 제10회 문부성文部省전람회가 열리는 전시장으로 가는 길이다. 문부성전람회는 매년 열렸겠지만, 1916년의 전람회는 이광수에게 특별한 의미가 있었다. 그는 발에 채이는 낙엽을 헤치고 발걸음을 재촉했다. 오전 열 시, 조금은 이른 시간, 이광수는 전람회장에 도착했다.

그는 『매일신보』에 「동경잡신東京雜新」이라는 글을 연재 중이다. 제목

그대로 동경의 잡다한 소식을 전하는 글이다. 학교, 유학 생활, 경제, 가정 등 동경에서 보고, 느낀 것을 주제로 묶어 소개하는 것이다. 이광수에게 동경은 '새로운 문명' 그 자체였다. 그가 생각하기에 우리가 보고 배웠으면 하는 새로운 시대의 이야기를 적고 있어서 그런지, 이 글을 읽고 있으면 일본을 찬양하고 있다는 느낌을 지울 수 없다. 그런데 그중에서 유일하게 조선을 자랑스러워하는 글이 있으니, 바로 열두 번째 꼭지인 「문부성전람회기展覽會記」였다. 일본의 국전國展인 문부성전람회에 다녀와 남긴 글이었다.

지금이야 익숙한 '전시회장'이지만, 당시 이광수에게 그곳은 낯설수밖에 없었다. 그도 그럴 것이 아직 조선에는 근대적인 의미의 전람회가 존재하지 않았기 때문이다. 최초의 서양화가인 고희동이 동경미술학교에서 수학하고 돌아온 것이 1915년. 근대적인 의미의 단체인 '서화협회'가 조직된 것은 1918년. 근대적인 형태를 갖춘 최초의 전람회는 1921년이 되어서야 진행되었다. 그러니까 우리 조선에 아직 근대적인 전시회가 시작되기도 전에 이광수는 일본에서 전람회를 보고 비평문을 남긴 것이다.

그는 바로 전시장으로 들어가지 않고, 밖을 조금 서성였던 것 같다. 전시장에 들어가는 사람들을 관찰하고 그것을 기록했기 때문이다. 전시장 밖으로 자동차 몇 대가 도착했다. 주변 사람들의 행동을 보아하니 귀족이나 부호가 분명했다. 그런데 그런 그들도 미美의 권위

앞에선 고개를 숙였다. 조선에서 봐왔던 풍경과는, 전연 다른 것이었다. 계층의 높고 낮음에 상관없이 모두가 화폭 안의 아름다움에 빠졌다.

타는 듯한 궁금증이 이광수를 짓눌렀다. 조바심도 들었을 것이다. 이전까지 이광수에게 화畵는 화공이 그리는 기술의 영역이었다. 그런데 미술美術이라는 것이 도대체 무엇이길래 신분의 높고 낮음과 상관없이 모두를 고개 숙이게 하는 것일까? 당장이라도 전시장 안으로 뛰쳐 들어가 확인해보고 싶었다. 새로운 세상에 열망을 느끼는 그였기에, 전시장 속 작품들을 한시라도 빨리 보고 싶었다. 하지만 그는 쭈뼛거리며 장내로 들어선 것 같다. 예술이 갖는 위압감과 낯선 세계를 향한 막연한 두려움 때문이었을 것이다. 그는 팸플릿을 들고 전시 목록을 찬찬히 읽어내려가다 적혀 있는 가격을 확인하고는 화들짝 놀라기도 한다. 미술 '작품'이라는 것이 무엇이길래, 이렇게 비쌀까, 또 한 번 궁금했다. 책 속에 파묻혀 살던 그는 전람회장에 들어서며 무슨 생각을 했을까? 전람회장의 우두커니 낯선 존재였을 이광수를 생각해본다. 그의 눈이 되어 전람회장을 둘러본다.

이광수가 전람회장을 찾은 이유는 김관호의 작품을 감상하기 위해서였다. 평양에서도 유명한 부호의 자제였던 김관호는 김동인, 김찬영 등의 문인들과도 친분이 있는 화가였다. 1호 서양화가가 고희동이었다면, 2호 서양화가는 김관호였다. 고희동이 1호 서양화가로

서화협회를 조직하고, 서화협회전을 개최하며 근대 화단을 형성하는 것으로 미술사에 큰 역할을 했다면, 김관호는 그 명성으로 우리 미술사에 길이 남았다.

김관호는 동경미술학교를 수석 졸업하는 영예를 얻음과 동시에 문부성 전람회에 입상하여 조선인들을 감격하게 했다. 일제 강점기의 현실에서 쟁쟁한 일본 화가를 제치고 좋은 성적을 내는 것은 어떤 의미였을까? 신문 매체에서 앞다퉈 이 사실을 보도했던 것을 보면, 우리에게 굉장히 영광스러운 일이었음이 분명하다. 일본에서 유학하던 이광수에게도 마찬가지였다. 미술을 잘 모르던 그가, 전람회장에 발을 들여놓은 이유는, 조선의 명예를 드높인 김관호의 작품을 직접 감상하기 위함이었다.

그는 전시장을 돌아다니며 김관호의 작품을 제외하고 꼭 세 작품에 눈길을 둔다. 이 작품들은 모두 조선을 소재로 한 그림이었다. 농촌의 풍경, 시장의 모습, 그리고 무녀까지, 조선의 인물과 풍경을 그린 작품을 보며 그는 부끄러움을 토해낸다. 문부성전람회에서 상을 받을 정도라면, 일본 화단에서 어느 정도 인정을 받은 작품일텐데 그가 부끄러움을 느낀 이유는 무엇일까? 작가는 물론 일본인이었다. 그러나 일본인이 조선을 그린 것에 대한 부끄러움은 아니었다. 그가 부끄러움을 느낀 이유는 바로 작품 속에 묘사된 조선인들의 모습 때문이었다. 이광수의 기록에 의하면, 작품 속 조선인들은 나태하고 의욕이 없어 보인다. 일본인 화가들이 그것을 의도하고 그림을 그렸는지는 알 수 없지만, 그는 돈이 있다면 이 작품들을 사서 종각에 걸어두고, 사람들에게 부끄러움을 알리고 싶다고도 말한다.

그런데 왜 '부끄러움'이었을까? 일본인이 그려내는 조선이 왜곡되어 있다면, 부끄러움 대신 분노를 느꼈을 것이다. 하지만 분노는 아니었다. 그는 일본인이 그려낸 조선의 풍경이 부끄럽다고 말한다. 치부를 들킨 것처럼. 그것은 조선의 모습이 왜곡되어서가 아니라 그가 기억하는 조선의 모습을 그대로 그려냈다고 생각했기 때문이었다. 그러니까 이광수가 생각하는 조선인들은 나태하고 의욕 없는 삶을 살아가고 있다는 것이다.

부끄러움으로 아득해지는 그의 정신을 번쩍 뜨게 만든 것은 일본 여학생들의 수근거림이었다. "이게 조선인의 작품이래." 고개를 돌리자 김관호의 작품이 눈앞에 나타났다. 〈해질녘〉. 동경미술학교 수석 졸업이라는 영예를 안긴 작품이기에 작품의 예술성은 자신이 판단할 것이 아니라고 생각했다. 그래도 미술을 잘 모르는 그가 봐도 아우라가 풍기는 작품임이 확실했다. "세계가 인정한 미술의 천재"라는 수식어가 절로 나왔다. 더 자세하게 묘사하고 싶었겠지만, 검열이 심해 나체화였던 작품에 대한 자세한 설명은 싣지 못했다. 〈해질녘〉은 대동강에서 목욕하고 나온 두 여인의 뒷모습을 그린 작품이었다. 펜촉으로 글만 쓰던 그였기에, 그 그림을 어떤 기법으로 어떻게 그렸는지는 알 수 없었지만, 일본이라는 세계(!)의 인정을 받은 그림을 보며 그는 감동에 휩싸인다.

*

이광수가 전람회장을 다 돌고 나온 시간은 정오였다. 두 시간 동안 새로운 세계를 경험한 그는 조금 피로했다. 조금 쉬어갈 겸 글도 쓸 겸 찻집에서 차를 한 잔 시켰다. 원고지를 꺼내든 그는 오늘의 동선을 떠올리며 전람회에서의 감상을 적어가기 시작했다. 일본인들이 그리는 '서양화'라는 것과 조선의 그림을 비교해보기도 했다. 전람회장에서 느낀 미술 작품 앞의 감동이 여전히 생생하다. 자연스레 문명인이 되는 요건으로 '미술감상안'도 넣어본다. 미술을 알아야만 새로운 시대를 맞이할 수 있을 것만 같다. 아직은 모호하지만, 앞으로 조선인들이 이런 그림을 많이 그리고, 상을 받고 인정받는다면 자신도 더 자세한 비평을 적을 수 있으리라, 상상의 나래를 펼쳐보기도 한다.

드디어 「동경잡신」 열두 번째 꼭지에 실릴 원고를 다 완성했을 때, 이광수는 놀라운 소식을 전하게 된다. 바로 김관호의 작품이 특선, 그러니까 전람회 전체에서 3등을 했다는 소식이었다. 동경미술학교의 수석 졸업도 놀라운 일이었지만, 현재 화단에서 활동하는 쟁쟁한 화가들의 경쟁에서 3등상을 받았다는 사실은 이광수를 전율케 만들었다. 알성급제屬聖及第! 김관호의 수상 소식을 듣고 이광수가 떠올린 단어였다. 조선 최초의 자랑. 이 기쁜 소식을 원고에 싣고 싶었던 이광수는 글을 고칠 여유도 없이 급하게 한 문단을 추가한다. 어쩌면 신문사에 원고를 보내고 난 뒤에 추가 원고를 더 보냈을 수도 있다. 어쨌든 『매일신보』의 글자를 타고 조선의 천재, 김관호의 이야기가 조선 땅에 도착한다.

**

주지하다시피, 이광수는 훗날 친일 인사로 변절한다. 민족주의자이자 위대한 소설가로 많은 이의 사랑을 받았기에, 그의 배신은 더더욱 쓰라렸다. 이광수를 생각하면 영화 〈동주〉의 한 장면이 떠오른다. 수업 시간 도중 한 학생이 「흙」을 쓴 이광수처럼 훌륭한 소설가가 되고 싶다는 말을 건네자 선생님이 버럭 화를 낸다. 그의 변절을 용인할 수 없었던 것이다. 조선의 많은 이는 그를 사랑했고, 사랑했던 만큼 실망도 컸다. 그것은 2021년을 살아가는 우리에게도 마찬가지다. 근대 문학사에 가장 위대한 작가이자 친일파 문인으로 남은 이광수.

친일로 노선을 변경하기 전, 그가 쓴 글을 보면, 그가 왜 친일로 변절했는지 생각하게 된다. 어떤 학자가 말했던 것처럼 어쩌면 이광수는 일관된 노선을 걷고 있었는지도 모른다. 미개한 조선이 문명으로 나아가야 한다는 것. 바로 이 생각을 밑에 깔고 있었던 것이다. 자신은 그것이 우리를 위한 길이라고 생각했을 수도 있다. 물론 친일 행위는 그 무엇으로도 옹호할 수 없지만 말이다.

이광수가 전시장에서 마주한 것은 새로운 세계였다. 이전까지 그에게 그림 그리는 일은 기술에 한했다. 하지만 직접 찾은 전시장에는 아름다움*으로 무장한 또 다른 세계가 펼쳐져 있었다. 문명인이 된다는 것, 교양을 쌓는다는 것은 예술의 아름다움을 느끼고, 사람들을 감화시킬 수 있어야 했다. 김관호의 작품을 보며, 그는 그렇게 생각했을 것이다.

그래서 이광수는 문명인의 '일대요건'으로 '미술감상안'을 꼽았다. 그는 이전에도 여타의 전람회를 찾았지만 자신의 미술감상안이 부족해 별다른 감흥을 느끼지 못했노라고 고백한다. 그래서 그는 미술 감상안을 높이기 위해 관련 서적을 읽고, 전람회를 찾아다닌다. 그런 와중에 김관호의 입상 소식을 들었고, 최초의 미술 현장 비평문을 작성할 수 있었던 것이다.

***

이광수의 비평문은 우리 미술 비평사상 최초의 현장 비평문이 된다. 조선에 근대적인 의미의 전람회가 최초로 개최된 시기는 1921년이었으니, 1916년 청년 이광수가 쓴 글은 전람회를 본 최초의 기록이 된다. 문명인과 선각자에 대한 고민을 만든 자리이기도 했다. 당시 이광수에게 문명인이 되는 것은 개인으로나, 민족으로나 우리에게 가장 시급한 과제였다. 힘을 키우기 위해서는 지식이 필요했다. 문명인이 되는 것은, 결국 우리의 미래를 개척하는 일이었다. 따라서 그가 미술감상안을 문명인의 요건으로 꼽는다는 것은 미술이 갖는 의미가 크다는 것을 의미한다. 실제로 전통적 의미의 그림과 판이하게 다른 서양화는 이광수로 하여금 새로운 세계로의 충격을 줬을 것이라 짐작할 수 있다.

문명인. 1916년을 살아냈던 이광수는 '문명인'이 되기 위해 전시장으로 걸음을 옮겼다. 그에게 전시장은 문명으로 가는 길이었다. 그렇다면 2021년을 살아가는 우리에게 미술은 어떤 의미일까? 교양을 위해서? 시간을 쪼개고, 시간에 쫓기는 현대인들이 자신의 시간을 할애하며 미술관을 찾는 이유는 무엇일까?

내 물음은 이광수가 전시장을 찾기 위해 내디뎠을 그 첫걸음처럼 시작된다. 완전하게 새로운 것을 만나기 위해 발걸음을 떼었을, 그날의 이광수를 떠올린다. 간편한 필기구를 넣은 가방을 들고, 창가에 비치는 옷매무새를 조금 다듬었을 그를 떠올린다. 전시장 앞에서 서성이던 그의 시선과 그가 마주한 작품들을 떠올린다. 문명인이 되기 위해 발걸음을 옮겼던 그는, 그가 바라는 것처럼 전시장에서 문명인으로의 길을 찾았을까? 그렇다면 나는, 왜, 전시장으로 발걸음을 옮기는 것일까?

이런 내 질문들이 전시장으로 향하는 내 길을 밝혀주길 바라본다.

1. 전시장 앞에 서서

시청역 1번 출구에서 뒤를 돌아 조금 걷다 보면 규모가 제법 큰 빵집이 하나 나온다. 프랜차이즈 빵집이라 고즈넉한 분위기를 기대할 순 없지만, 약속한 일행을 기다리며 부담 없이 커피 한 잔 마시기엔 더없이 좋은 장소다. 이곳엔 무언가를 기대하는 표정의 사람들로 늘 북적인다. 커피 한 잔 마시는 시간을 즐긴다기보다 누군가를 기다리는 듯 두리번거리는 시선이 교차한다. 이 빵집을 기준으로 바로 건너편에는 국립현대미술관이, 골목 안으로 들어가면 서울시립미술관이 있기 때문이다.

국립현대미술관은 덕수궁과 서울, 그리고 과천과 청주에 전시관을 두고 있다. 그중 시청역 1번 출구에서 만날 수 있는 '덕수궁 미술관'은 내가 가장 좋아하는 장소다. 전시되는 작품이나 전시장 자체의 분위기 때문이라기보다 내가 '궁궐' 안을 걷고 있다는 사실만으로도 그 순간을 충분히 특별하게 만들기 때문이다. 어딘가에 가고 싶을 때, 지금 어떤 전시가 진행 중인지 알아보지도 않고 덕수궁을 향하기도 한다.

덕수궁 돌담길을 연인과 함께 걸으면 헤어진다는 속설이 있다. 이렇게 아름다운 길을 왜 이별로 연결지었을까, 여전히 답을 알 순 없다. 그저 그만큼 많은 사람이 다녀가는 길이라는 뜻이 담겼을 것이라 생각해본다. 그 길을 연인과 함께 걸었던 누군가는 가정을 꾸리며 잘 살고 있을 수도 있겠지만, 헤어짐을 겪은 누군가의 이야기가 '덕수궁 돌담길을 걸으면 헤어진다.'로 발전하지 않았을까 싶다. 연인이라면 한 번쯤 걷고 싶을 정도로 아름다운 곳이기 때문이다. 그 아름다운 길을 중심으로 담 너머엔 옛사람들의 흔적이 담긴 덕수궁이 자리하고, 그 길 너머엔 서울시립미술관이 있다. 둘 사이의 거리는 천천히 걸어 10분 남짓. 계절을 타지 않는 아름다운 길이다.

전시관도 좋아하고 궁궐도 좋아한다. 그런데 이곳을 찾으면 궁궐도 걷고, 전시도 볼 수 있으니, 좋아하지 않을 수가 없다. 역사에 대해 잘 아는 것은 아니지만, 궁궐에 가면 특별한 기분에 빠진다.

처음 '궁궐'에 갔던 날이 생생하다. 대전에서 고등학교에 다니던 나는 역사 선생님이었던 담임 선생님 덕분에 '서울'로 '소풍'을 갈 수 있었다. 소풍이라니! 고등학교 2학년 학생들에게는 어울리지 않는 단어일 수 있지만 '현장 학습'이나 '견학'이라는 표현으로는 설명할 수 없는 설렘은 말이기에, 굳이 소풍이라고 써본다. 당시 내가 다니던 고등학교는 어떤 혁신을 꿈꿨는지, 전교생이 우르르 한 곳으로 떠나는 여행이 아닌 반마다 의견을 수합해 어디로든 갈 수 있는, 그런 종류의 현장 학습을 시도했다. 서울에서 대학교에 다니며 역사를 전공했던 우리 담임 선생님은 짐짓 근엄한 목소리로 "이 땅에 살고 있으면 당연히 궁궐을 가봐야 한다."며 서울을 강력하게 추천했고, 우리의 대부분은 선생님의 의견에 수긍했다. 무심한 듯 말을 던지는 선생님이었지만, 누구보다 학생들을 생각해주시는 따뜻한 분이었다. 지금 생각하니, 서울로 가는 소풍이 선생님께 얼마나 큰 부담이었을지, 참 감사한 마음이다. 모르긴 해도 나를 포함한 대부분의 아이들은 '궁궐'보다 '서울'이라는 키워드에 더 설렜을 것이다. 처음 계획하고 실행하기까지 꽤 오랜 시간을 들였고, 월드컵이 열리던 2002년, 우리는 교복을 입고 서울로 향했다.

너무 오래전이라 어떻게 서울까지 갔는지 기억조차 나지 않지만, 또 몇몇 장면은 또렷하게 기억나기도 한다. 우선 서울 내에서는 차보다는 지하철을 타고 다녀야 한다는 선생님의 목소리가 기억난다. 사람이 너무 많으니 정신을 바짝 차려야 한다고도 덧붙였다. 선생님은 지하철역 앞에서 우리를 일렬로 세운 뒤 표를 쥔 손을 번쩍 들었다. 줄지어 표를 한 장씩 받은 우리는 어설픈 포즈로 개찰구를 통과했다. 서울을 좀 아는 친구들은 그런 풍경이 부끄럽다며 장난을 치기도 했지만, 대부분의 친구들은 실수하면 안 된다는 마음으로 바짝 긴장한 상태였다. 심지어 몇몇은 태어나서 처음 타보는 지하철이었다! 우리가 살던 대전에는 아직 지하철이 생기기도 전이었으니 말이다. 서울 사람들과 달리 열차 안에서 전부 손잡이를 잡고 서 있던 친구들의 모습이 아직도 선연하다.

어디로 가는지도 모른 채 "여기서 내려야 해!" 소리치는 선생님을 따라 우르르 지하철에서 내렸다. 선생님은 경복궁도, 덕수궁도 아닌 창덕궁으로 우리를 안내했다.(우리가 갔던 곳이 창덕궁이었다는 것도 짐작이다. 매표하고 입장했던 기억이 있으므로.) 창덕궁 매표소 앞에서 선생님은 또 일자로 줄을 세우고 표를 나눠줬다. 단체들이 입장할 수 있는 시간은 정해져 있었다. 그래서 입장을 기다리며 우리는 진짜 '소풍'을 나온 유치원생들 옆에 나란히 줄을 섰다.

그렇게 처음으로 궁에 발을 들였다. 궁 안은,

고요했다.

방금까지 겪었던 서울의 지하철은 말로만 듣던 전쟁통의 피난 행렬을 재현한 듯 바글거렸는데, 궁 안에 들어서자 여기가 같은 서울이 맞나 싶게 전혀 다른 풍경이 펼쳐졌다. 고요한 분위기에 압도된 우리는 누가 먼저랄 것도 없이 목소리를 낮췄다. 초등학생 때 수학여행으로 갔던 경주와는 또 다른 분위기였다. 18살의 소녀들은 고즈넉한 옛 풍경 속에서 길을 잃듯 가이드를 따라 발걸음을 옮겼다.

가이드는 허리춤에 마이크를 차곤 끊임없이 무언가를 설명했다. 마

이크를 통해 나오는 목소리가 참, 찰지다고 생각했다. 발길에 모래가 차박이며 채였다. 차박, 차박,

차박,

차

-박,

발자국이 길어지자 어느새 길은 돌길로 바뀌어 있었다. 모래와 돌, 그리고 나무들 사이에서 가이드의 목소리가 아득해졌다. 이 모래와 돌은 언제부터 이곳에 있었을까. 옛사람들과 같은 공간에서 발을 옮기고 있자니 묘한 기분이 들었다. 공간은 같은데 시간이 다른 곳에 있다는 사실이 비현실적으로 느껴졌다. 이 공간에 굉장히 촘촘한 시간이 겹쳐서, 그 시간을 살아가는 사람들이 나와 같이 움직이고 있는 건 아닐까. 여기 있는 이 나무는, 이 벽돌은 그 시절을 기억하고 있을까. 이 기둥의 흔적에 그 세월이 새겨져 있는 것은 아닐까. 이 오래된 궁궐은 나를 보며 무슨 생각을 할까.

나는 몇 겹의 시간이 겹친 것 같은 공간에서 말로 설명할 수 없는 기분에 휩싸였다.

작은 문을 통해 공간을 이동할 때면 담에 손을 잠시 대어보기도 했다. 영화에서처럼 손을 대면 지난날의 풍경이 확 펼쳐지는! 그런 드라마틱한 효과는 없었지만! 나는 그곳에 머무는 내내 조선 시대의

사람들을 생각할 수밖에 없었다.

어리기도 어렸고, 인문학이 단순히 '문과'를 지칭하는 말이라고만 생각했기에, 그 기분이 무엇인지 어떻게 알 도리도 없이 시간이 흘렀다. 입시를 준비하고, 평소 좋아했던(혹은 제일 잘했던) 문학을 전공으로 선택하고 학교에 다니며 책에 빠져 있던 한동안은 궁궐에서 느꼈던 그 감정을 새카맣게 잊고 지냈다. 역사적인 장소에 갈 기회가 없었던 것도 아니었는데 말이다. 재정비한 광화문 거리에 가거나 한복을 입은 외국인들이 더 많이 경복궁을 서성이기도 했다. 창덕궁뿐 아니라 창경궁과 운현궁, 물론 창덕궁까지 갔다. 도장을 깨듯 서울의 역사 명소를 찾아다녔다. 그런데 18살의 내가 창덕궁에서 느꼈던 그 묘한 기분을 다시 느끼진 못했다. 마치 그때 그 기분은 아예 없던 것이 되어버린 것처럼 말이다.

*

그 느낌을 다시 받은 건, 시간이 한참 지난 뒤인 〈클림트전〉에서였다. 전시관 가는 것을 좋아해서, 〈클림트전〉을 보기 전까지 미술관에 자주 들락거렸고, 심지어 〈클림트전〉이 열렸던 같은 전시장에서 다른 전시를 보기도 했다. 그러니까 그 장소가 아주 낯선 곳은 아니었다. 당시의 나는 이전에 나를 아득하게 만들었던 그 기분을 전부 지운 상태였기에 전시장을 찾을 때까지만 해도 별다른 생각이 없었다. 그런데 그렇게 찾아간 그곳에서, 나는 기대치도 않게 18살에 느껐던 그 감정을 다시 마주하게 됐다.

그림을 좋아하는 몇몇 동기와 함께 길을 나섰다. 으리으리한 전시관은 자주 와도 익숙해지지 않았다. 다만 300원짜리 자판기 커피가 기가 막히게 맛있었고, 전시를 기다리며 찍는 사진이 즐거워 설레는 시간을 보낼 수 있었다. 유명 작가의 전시가 있는 날은 평일에도 꽤나 북적이는 전시관이었다. 우리는 전시를 보기 전 커피를 한 잔 뽑아 마셨고, 통유리창을 배경으로 사진도 찍었다. 기분좋은 기다림이었다. 표를 끊고 가뿐한 마음으로 전시관에 들어갔다. 입장료도 꽤 비쌌던 것으로 기억한다.

따뜻한 색감의 조명과 감상자의 동선을 고려한 전시장을 내 속도에 맞춰 천천히 걷기 시작했다. 이게 얼마짜리 작품이래, 같은 걸음을 걷는 사람에게 작은 소리로 속닥거리며 세계적으로 인정받는 작가의 작품을 만나고 있다는 감격을 누리기도 했다. 한 작품, 한 작품, 비슷한 시간을 소요하며 앞선 사람과 뒷선 사람에게 피해 가지 않을 속도로 움직이고 있었다. 간혹 마음에 드는 작품을 만난 사람들이 한 발 떨어져서 오랜 시간 그림을 감상하면, 뒷자리 사람들은 살짝 비껴 지나갔다. 눈은 작품에, 귀와 신경은 주위 사람에게 향해 있었다.

사실 클림트라는 화가에 대해 잘 아는 것은 아니었다. 다만 클림트의 몇몇 작품을 좋아해서 휴대폰 배경 화면을 그의 작품으로 해두거나 작품이 인쇄된 기념품 등을 소소하게 모았다. 반짝이고 화려한 색감의 매력을 거부할 이유가 없었다. 하지만 클림트의 대표 작품만 알았기 때문에 전시장에 전시된 대부분의 작품은 낯설었다. 유명한 작품보다는 스케치 등 부수적인 작품이 많아 약간의 실망감이 동반됐다. 그럼에도 기대하고 있었던 작품이 하나 있었으니, 바로 〈유디트〉였다. 구약성서에 적장 홀로페르네스Holofernes의 목을 벤 유디트Judith의 일화를 소재로 한 그림이었다.

이 작품을 알게 된 건 김영하의 소설 『나는 나를 파괴할 권리가 있다』 때문이었다. 책에는 클림트의 〈유디트〉도 실려 있었다. 누군가의 목을 자르는 이야기가 나오는 건 아니었지만 소설 속 여주인공의 별칭이 '유디트'이기 때문이다. 빳빳한 종이에 매끈한 컬러로 프린트 된 그 첫 장을 기억하고 있어서인지, 소설을 읽는 내내 주인공 유디트의 얼굴은 클림트의 유디트와 겹쳐졌다.

김영하는 극중 인물 '유디트'에 대해 이렇게 소개한다.

> 그녀에 대한 첫인상은 클림트의 그림, 〈유디트〉를 닮았다는 것이었다. 앗시리아의 장군 홀로페르네스를 유혹하여 잠든 틈에 목을 잘라 죽였다는 고대 이스라엘의 여걸 유디트. 클림트는 유디트에게서 민족주의와 영웅주의를 거세하고 세기말적 관능만을 남겨두었다.[1]

1) 김영하 지음, 『나는 나를 파괴할 권리가 있다』, 문학동네, 2017, 19쪽.

김영하가 설명하는 것처럼 클림트의 '유디트'는 관능으로 똘똘 뭉쳐 있다. 속이 훤히 비치는 반라의 몸과 관능적인 표정을 짓고 있는 유디트. 그의 표정과 클림트 특유의 화려한 색감에 감상자는 정신없이 시선을 뺏긴다. 새하얀 피부와 금빛 장식이 정말 반짝이는 듯 착각을 일으킨다. 그렇게 그림이 제공하는 '볼거리'에 온 신경을 빼앗긴 뒤 감상자의 눈은 만족감을 얻는다. 그리고 만족을 얻은 눈이 다른 곳으로 시선을 옮기려는 순간, 오른쪽 아래쪽에 있는 남성의 머리를 마주하게 된다.

그 남성은(남성의 머리는) 작품 구석에 자리하고 있을 뿐 아니라 화려한 색감의 유디트와 대비되는 어두운 색으로 표현되어 눈에 잘 띄지 않는다. 시간을 두지 않고 스치듯 작품을 감상했다면 자칫 놓쳤을 수도 있다. 그렇게 문득 홀로페르네스의 머리를 발견하고 나면, 다시 눈을 들어 유디트의 표정을 살피게 된다. 도대체 어떤 상황이지?

김영하 소설을 읽으면서 이 작품은 꼭 한 번 보고싶다는 생각을 했던 터였다. 인터넷에 클림트를 검색하고, 작품 소장처를 확인하는, 그런 시간을 보내기도 했다. 그런데 그 작품이 한국에 왔다. 오로지 유디트를 보기 위한 걸음이었다. 그래서인지 다른 작품들이 눈에 더 들어오지 않았던 것 같다. 일정한 보폭으로 지루한 걸음을 이겨내고 마침내 긴 전시장을 돌아 〈유디트〉의 앞에 섰을 때, 나는 황홀한 감정보다 당황스러운 감정에 맞닥뜨렸다. 실제로 보니 인쇄물, 혹은 컴퓨터 모니터로 본 작품 사진의 반짝임이나 깊이가 너무나 달랐기 때문이다. 매끈하게 프린트된 페이지를 수십 번씩 넘기며 마주했던, 내가 알고 있는 그 작품이 맞나, 잠시 어리둥절한 사이 내가 진짜 '진짜'를 보고 있음을 깨닫게 되었다. 내가 보고 있는 이 작품을 클림트도 같은 눈높이에서 보고 그렸을 것이라 생각하자 갑자기 그와 내가 연결되는 느낌이 들었다. 클림트도 이 자리에 서서 그림을 바라봤겠지? 그림을 매개로 그림 너머의 세계에 그가 서 있는 기분이었다. 오스트리아라는 낯선 나라에서, 내가 알지 못하는 시간을 걸어 왔을 그 화가의 작품을, 눈으로 마주하고 있는 것이다. 그러자 그 순간, 시간과 공간이 끝도 없이 아득해지는 기분이었다.

나를 내려다보던 유디트의 묘한 눈빛 때문만은 아니었을 것이다.

2. 묘한, 이끌림

평일 저녁이나 주말, 미술관과 박물관은 사람들로 북적인다. 그림이나 유물, 또는 조각이나 책까지 다양한 전시를 보기 위한 인파들로 발 디딜 틈이 없다. 한 작품 앞에 오랜 시간을 소요하는 사람들도 있고, 전시장의 한 일부가 되어 이곳저곳 부유하는 사람들도 있다. 제각기 자신만의 방식으로 전시장의 시간과 공간을 소모한다.

한때 미술은 특정한 사람들만 향유하는 고급문화에 속했다. 왕이나 왕족의 기록이자 그들의 부와 명예를 과시하기 위한 수단이었기 때문이다. 그래서 유명한 박물관이나 전시관은 예전 왕궁이었던 곳이 많다. 소수의 계층이 소유하던 예술이 대중에게 넘어오며 그곳이 공공의 장소로 바뀌었기 때문이다. '개인'의 탄생은 예술을 소유하는 방식에도 변화를 일으켰다.

우리나라의 경우도 국립현대미술관은 '덕수궁'에 자리하고 있다. 1907년 창경궁에 처음 만든 박물관은 순종만을 위한 공간이었지만, 1909년 제실박물관이 되면서 성격을 분명히 하게 된다. 그리고

1910년엔 일제에 의해 이왕가박물관으로 이름을 바꾸게 된다. 근대화와 일제 강점기라는 역사적 특수성에 놓여 있었기에 외국의 박물관과 같은 단계를 거치진 않았지만, 우리에게도 일반인에게 공개되는 근대적인 의미의 박물관이 생긴 것이었다. 이후 1938년 이왕가박물관은 덕수궁으로 이전, 이왕가미술관이 되었고, 현재 국립현대미술관이 자리하고 있다. 왕족들이 앉아 예술을 소유하던 그곳에 이제는 만인이 감상할 수 있는 작품들이 전시되어 있다. 이제 미술은 소수의 누군가만을 위해 창작되거나 존재하지 않는다. 우리는 모두 그것을 소유할 수 있다.

"우리는 모두 그것을 소유할 수 있다."

다시 한 번 방점을 찍어본다. 이는 비유적인 표현이 아니다. 실제로 우리는 누구나 (돈만 있다면) 원본을 소유할 수 있다. 하지만 굳이 그럴 필요도 없어졌다. 원본에 가까운 복제품을 만나는 일은 어렵지 않게 되었기 때문이다. 우리가 쓰는 공책에도, 휴대폰 케이스에도, 우산이나 지갑에도 유명 작가의 작품이 새겨져 있다. 인쇄 기술의 발달로 작품이 가진 입체감까지 생생하게 느낄 수 있게 되었다. 그뿐이랴? 기호에 따라 선택하고, 필요에 따라 금방 바꿀 수도 있게 되었다.

그래서 조금 더 정확히 말하자면, 이제 예술작품은 "굳이 소유하지 않아도 된다." 머릿속에 그림을 그려보자. 말끔하게 인테리어된 집 벽면의 반을 채우는 커다란 액자가 있다. 액자 안에는 고흐 또는 모네의 익숙한 작품. 선명한 컬러를 자랑하는 누군가의 명화다. 그런데 시간이 조금 지나자 그 명화는 또 다른 작품으로 바뀐다. 그 액자는 액자가 아니라 액정 화면이었기 때문이다. 디지털 액자에 우리는 명화나 사진 등을 자유롭게 바꿔 걸 수 있게 되었다. 이렇게 편리한데, 굳이 소유할 필요가 있을까?

게다가 컴퓨터와 스마트폰이 있으면 언제 어디서나 작품을 찾을 수도 있다. 작가와 작품 이름을 다 알 필요도 없다. 둘 중 하나만 안다면 우리는 그 작품의 작가는 누구인지, 언제 제작되었는지, 지금 어디에 소장되어 있는지, 미술사에서 어떤 의미를 갖는지 알 수 있다. 그림만 알고 작가 이름도, 작품 이름도 모른다면? 그래도 괜찮다. 이미지만 있다면 작품을 찾아주는 시대가 되었다. 정말 못하는 거 빼곤 모두 다 할 수 있는 인터넷 세상에서 미술 작품은 그 누구의 소유도 아닌 채 떠다니고 있다.

본다는 것의 유혹

2020년은 많은 이에게 잊을 수 없는 한 해였다. 공상과학소설에서 지구 종말의 그날로 지목당할 것 같은 2020년, 정말로 전 세계에 질병이 유행하고, 모든 길이 막혔다. 엄청난 전파력을 가진 Covid-19

라는 바이러스는 우리의 삶을 바꾸어놓았고, 바꾸고 있다. 다시 이전의 세계로 돌아갈 수 있는가, 없는가의 논쟁 속에서, 우리는 우리가 살던, 바로 직전의 과거에 대해 많은 생각을 하게 되었다.

과연 과거의 그때로 돌아갈 수 있을까?

마스크 없이는 대중교통도 이용할 수 없는 세상이라 전시장은 큰 타격을 입을 수밖에 없었다. 사람들은 교양보다는 의식衣食을 선택했다. 영화관이나 소극장, 전시관과 같은 곳의 타격이 가장 먼저 왔다. 굳이 개인의 선택이 아니라도 공공 미술관과 박물관은 일제히 문을 닫았다. 만에 하나 확진자가 다녀간다면, 때문에 누군가가 전염된다면 큰 타격이 올 수 있기 때문이다. 기약 없는 '닫힘' 속에서 전시관은 다른 방법을 모색해야만 했다. 그런데 그 '방법'을 찾는 일이 어렵지는 않았다. 이미 수많은 매체를 통해 간접 경험을 했기 때문이다. 누구나 예상하고는 있지만 실행되지는 않던, 미래의 미술관이 현실로 다가온 것이다.

과학 기술은 예술을 찬란하게 만든다. 직접 볼 수 없다면, 보는 것 같은 느낌을 주면 된다. 작품을 보는 것이 '눈'이라면, '눈'을 속이면 되는 일이다. 직접 가지 않아도 직접 보는 것 같은 느낌을 준다면, 문제는 간단히 해결된다.

지구 반대편에 있는 루브르박물관이나 오르세미술관을 가보고 싶었던 나는 언제나 VR로 전 세계에 있는 전시관에 가는 날을 꿈꾸었다. 오래전, 미국 드라마에서 VR 미술관을 본 적이 있다. 돈도 없는데 아르바이트에 쫓겨 시간도 없었던 대학생 시절, 주말 내내 골방에서 삐걱거리는 노트북을 끌어안고 미드를 보는 게 유일한 낙이었다. 그 미드의 한 에피소드에서 VR 미술관이 잠시 나왔다. 몸이 아파 병실 밖으로 나갈 수 없는 소녀를 위해 워싱턴 연구소에 있는 연구원들이 머리를 짜내 루브르박물관을 만들어낸 것이다. 돈도 시간도 없지만 여행도 싫어하고, 사람이 많은 곳에 있는 것도 힘겨워하는 나로서는 VR 미술관이 있다면 정말 잘 이용할 것만 같았다. 언제쯤 저 기술이 현실이 될까, 불 꺼진 침대에 누워 커다란 안경을 끼고 전시관을 구경하는 나를 상상해봤다. 진짜 그곳에 있는 것 같은 느낌이 든다면, 굳이 먼 지역까지 여행을 가는 수고로움을 피할 수 있지 않을까.

그런데 그 꿈이 실현되었다. 덕분이라고 해야 할지, 때문이라고 해야 할지 모르겠지만 코로나 사태 이후 루브르박물관은 전시관을 폐쇄하면서 VR 서비스를 시작했다. 전 해까지 한 해 방문객이 1410만 명 정도였는데, 이 서비스를 시작하고 약 20여일 만에 가상의 루브르박물관을 다녀간 사람은 1500만 명에 이른다고 한다. 이제 루브르를 가본 사람이 안 가본 사람보다 많아지는 것도 시간 문제가 되겠다. 게다가 기술은 퇴보하지 않는다. 가상 세계지만 정말 눈앞에 작품이 있는 것 같은 효과가 있다면, 보는 것의 유혹에 시달리는 사람들에게 이보다 더 좋은 기술이 어디 있을까? 이제 정말 새로운 세계가 시작된 것일까?

그런데 이상하다.

더 좋은 기술이 가상 세계 속 미술관을 생생하게 만들어도 사람들은 코로나 사태가 끝나 전시관이 문을 열기를 간절히 기다리고 있다. 작품을 보고 싶어 하는 이들은 가상 세계가 아닌 직접 그 자리에 가서 작품을 만나고자 한다. 나만 해도 국립중앙박물관에서 시작한 VR 서비스를 이용해 보니, 직접 그 장소에 방문해보고 싶다는 생각이 더욱 간절해졌다. 방구석에서 세계 유명 전시관에 방문할 수 있기를 그토록 꿈꿨는데, 막상 그 꿈이 현실이 되자 실제로 작품을 보고 싶어진 것이다. 이 무슨 청개구리 같은 심정일까? 이전에 방문했을 땐 스쳐 지나갔던 작품도 VR로 체험하고 난 뒤에 한 번 더 가서 보고 싶다고 생각한다.

우리는 왜 전시장에서 미술 작품을 '직접' 만나고 싶어하는 것일까?

문학을 공부하면서도 계속해서 미술을 동경해왔다. 머리가 복잡하거나 일이 풀리지 않을 때면 전시관을 찾았다. 북적거리는 사람들 속에서 나만의 속도로 전시관을 돌고 나면 마음이 채워지는 것 같은 기분이 들었다. 걷는 것을 딱히 좋아하지 않는 내가, 그래도 가장 많이 걷게 되는 장소가 전시관이다. 나는, 또 우리는 왜 전시관에 이 끌리는 것일까?

아우라, 그리고 또 아우라

미술사에서 가장 충격적인 사건을 꼽으라 하면 '사진의 발명'이 빠질 수 없다. 무언가를 기록하고자 하는 것은 인간의 본능일까. 눈으로 보고 기억하는 것을 최대한 비슷하게 그려 남기고자 했고 미술이 그 역할을 수행했다. 실물과 가장 닮게 그리는 화가들이 인정을 받았고, 그것이 미술의 가장 큰 역할이기도 했다. 하지만 사진이 등장한 이후, 미술은 기록의 역할에서 벗어나게 된다. 누군가는 사진의 발명 이후 회화는 몰락하고 말 것이라며 호들갑을 떨기도 했다. 하지만 오히려 회화는 기록으로부터 자유를 얻고 폭발적인 변화를 맞이한다. 회화는 눈에 보이는 세상을 담아낼 필요가 없어졌고, 이전보다 훨씬 자유롭게 예술성을 획득했다.

그런데 사진이 등장하고 복제 기술이 발달하면서 예술에 대한 입장도 분분해졌다. 인쇄된 작품을 누구나 소유할 수 있게 되자 예술작품이 가진 '고유성'에 대한 고찰이 시작된 것이다. 예술이 자유로워지면서 동시에 예술 '작품'이 가진 의미도 변했다. 벤야민[Walter Bejamin]은 이를 「기술복제시대의 예술 작품」이라는 논문에서 아우라[Aura]라는 개념을 들어 설명한다. 우선 그가 '아우라'의 개념을 자연 현상에 빗대어 표현하고 있는 부분을 보자.

> 우리는 자연적 대상의 아우라를 아무리 가까이 있더라도 멀리 떨어져 있는 어떤 것의 일회적인 현상이라고 정의 내릴 수가 있다. 어느 여름날 오후 휴식 상태에 있는 자에게 그늘을 드리우고 있는 지평선의 산맥이나 나뭇가지를 따라갈 때-이것은 우리가 산이나 나뭇가지의 아우라를 숨 쉰다는 뜻이다.[2]

벤야민에 의하면 자연적 대상의 아우라는 아무리 가까이 있어도 그것이 나와 멀리 떨어져 있는 것 같은 일회적인 현상을 말한다. '아무리 가까이 있어도 나와 멀리 떨어져 있는 것 같은 일회적인 현상'은 무슨 의미일까? 자연은 우리가 가까이 할 수 있어도 소유할 수 없는 것이기 때문에 '그 순간, 그 자리'에서만 느낄 수 있다. 때문에 벤야민은 이를 '일회적인 현상'이라고 표현한다. 생각해보면 자연은 한 번도 인간의 것이었던 적이 없다. 우리가 소유했다고 착각할 뿐이다. 그곳에서 시간과 공간을 함께 공유해야만 느낄 수 있는 것, 그것을 '아우라'라고 한 것이다. 그런데 여기서 중요한 것은 대중들이 그것을 "가까이 끌어 오려고"한다는 점에 있다.

이런 일회적인 현상으로서의 아우라를 벤야민은 예술작품이 가진

2) 발터 벤야민 지음, 『기술복제시대의 예술작품』, 최성만 옮김, 도서출판 길, 2009, 108~109쪽.

속성으로 이해하고, 풀어내고자 했다. 예술이 예술로서 존재할 수 있었던 이유는 예술작품이 가진 고유성 때문이다. 이전 시대에 예술을 감상하기 위해서는 '지금-여기'의 개념이 성립해야 했다. '지금'은 '시간'이고 '여기'는 '공간'이다. 그러니까 우리는 그 작품을 감상하기 위해서는 그 작품이 있는 곳으로 가야만 했다. 그리고 뒤돌아나오면 다신 볼 수 없었다. 말 그대로 '일회성'으로만 작품을 대할 수 있었다. 한 번 상상해보자. 핸드폰은 물론이고 카메라도 없는 시절, 엄청나게 아름답고 신비로운 작품이 '어딘가'에 있다는 소문을 듣는다. 인간의 호기심이란 얼마나 왕성한가! 너도 그렇고 나도 그렇고, 그게 무엇인지 보고 싶다. 그리고 운이 엄청나게 좋은 누군가가 실제로 그 작품을 보고 왔다. 사람들을 모아놓고 신나서 설명한다. 몸짓 발짓 다 섞어서 이야기하고, 흙바닥에 나뭇가지로 그림을 그려가며 설명해보기도 한다. 머리로 상상의 나래를 펼쳐본다. 하지만 아쉽다. 직접 보고 싶다. 도대체 그것은 무엇일까? 그 작품에 대한 호기심을 풀수 있는 방법은 단 한 가지다. 그 자리에 가서 보고 나오는 것이다.

작품을 소유한 사람은 사정이 조금 달랐겠지만, 한 사람이나 가문이 혹은 왕족이 소유할 수 있는 작품의 수는 한정될 수밖에 없었다. 때문에 보편적으로 예술작품이라는 것은 '지금-여기'의 순간에만 만날 수 있는 그런 것이었다. 그러나 '지금-여기'의 조건이 충족된다고 해서 누구나 다 작품 앞에 설 수 있는 것은 아니었다. 애초에 일반 사람에겐 그런 대작품을 감상할 기회조차 오지 않았기 때문이다. 종교적인 장소가 아니라면 말이다. 그래서 벤야민은 지금까지의 예술이 그 공간과 그 시간에 일회적으로만 감상할 수 있었던 것에서 제의祭儀적인 의미를 가진다고 말한다. 마치 신을 모시듯 신성한 의미를 가지고 있었다는 것이다. 시간과 공간의 제약, 그리고 신성함이 더해져 원본은 '아우라'를 형성하게 된다.

물론 모든 '지금-여기'의 조건을 충족시킨다고 해서 모든 원본이 감상자로 하여금 모두 '아우라'를 느끼게 하진 않을 것이다. 사람마다 작품에 대한 취향이 다르다고 할지라도 위대한 화가들의 위대한 작품은 많은 사람의 심금을 울리기 때문이다. 아우라를 가질 정도의 작품이라면 누구나 인정할 만한 대작이어야 할 것이다. 지금도 우리가 '아우라'라는 단어를 쓸 때는, 범접하지 못할 아름다움이나 존경심 등을 느낄 수 있을 때이니까 말이다. 그러니까 '지금-여기'를 만족하는 원본일지라도 모두가 아우라를 가진다는 것은 아니다. 아우라를 가질 만한 작품이 '지금-여기'의 원본으로 눈앞에 나타날 때, 그 아우라의 깊이는 깊어진다.

그런 점에서 따지고 보면 원본의 아우라라는 것은 작품이 가진 예술성보다 그것을 둘러싼 환경에 더 초점이 맞춰져 있다고도 볼 수 있다. 천재적인 실력을 갖춘 모사가가 A라는 작품을 모사해 그림을 그렸다고 가정해보자. 일반인의 눈으로는 원본 A와 모사품 B를 구분할 수가 없다. 전시장에서 이 두 작품을 두고 '원본과 모사품'이라는 주제로 전시를 기획했다고 치자. 그런데 기획자가 실수로 A와 B의 설명이 적힌 라벨지를 바꿔 붙였다. 관람객들은 어느 작품에서 아우라를 느낄까?

벤야민이 처음 '아우라' 개념을 이야기할 때 예시로 들었던 자연의 속성처럼 예술작품은 그것이 원본이고 그 장소와 그 시간을 공유해야만 아우라를 느낄 수 있다. A와 B에서 각기 다른 감정을 느꼈을 감상자들처럼 그것이 그 사람의 진품이라는 생각은 우리를 아우라의 세계로 이끌 것이다. 그래서 더욱 전시장은 매력적인 공간이 된다. 그 공간에 걸려 있는 작품들은 적어도 '진품일 것이라는 믿음'을 만들어주기 때문이다.

물론 그것이 진품이라는 사실 하나만으로 아우라를 뿜을 수 있는 건 아니다. 지금보다 예술가도, 예술작품도 적었을 당시 천재 예술가들의 작품이 범인凡人들의 눈에 놀라움을 선사할 수밖에 없는 웅장함의 아우라도 있었을 것이기 때문이다. 적어도 인쇄술이 발달하기 전까지는 그랬다. 애니메이션 〈파트라슈〉의 마지막 장면에서 우리는 이런 아우라를 향한 간절함을 확인할 수 있다. 가난한 소년 네오가 그토록 보고 싶어 했고, 생명의 빛이 사그러들기 직전에 보게 된 루벤스의 작품은, 자신이 꿈꿨던 기대보다 한층 더 벅찬 감동을 안겨주었다. (덕분에 감상자들은 모두 오열해야만 했다.) 훌륭한 작품들에서 느껴지는 아우라는 아마, 그런 것이 아닐까 싶다.

그런데 기술이 발달하면서 이런 환경이 바뀌게 된다. 앞서 예로 들었던 모사가의 실력은 들이밀 수도 없는 정도가 되었다. 사진의 발명과 인쇄술의 발달로 원본은 얼마든지 복제본을 만들 수 있게 됐다. 이건 모사가 아니다. 원본의 복제다. 작품 자체에서 느껴지는 작품성에는 차이가 없다. 인쇄된 이미지는 인터넷을 타고 전 세계 어디로든 갈 수 있다. 심지어 인공지능의 기술력은 화가들의 기법까지 습득, 화폭에 표현되는 물감의 양까지도 계산할 수 있게 되었다. 생각해보자. 복제본은 '지금-여기'의 법칙을 지킬 필요가 없다. 그곳에 가야만 볼 수 있었던 예술작품이 이제는 언제-어디로나 퍼져나가게 된 것이다. 심지어 그것은 원본과 매우 흡사하다. 그래서인지 가끔은 벤야민이 이 시대를 살아간다면 어떤 이야기를 할지 궁금해진다. 물론 그를 뒤이을 훌륭한 철학자들이 계속해서 새로운 이야기를 만들어내고 있지만 말이다.

중요한 것은 벤야민이 아우라의 붕괴를 이야기했다고 해서 예술의 몰락을 예견한 것은 아니라는 점이다. 그가 아우라의 붕괴를 통해 말하고자 하는 것은 예술의 변화와 그에 따른 현상을 이야기하고 있는 것이기 때문이다. 예술을 둘러싼 환경은 계속 변하고 있지만 그 본질은, 그 고유성은 여전하기에 우리는 계속해서 '아우라' 개념을 사용할 수밖에 없다. 실제로 카메라와 영화의 시대를 살았던 벤야민의 시대 이후 더 많은 변화가 이뤄졌고, 우리는 그 시대의 흐름 속에 놓여 있다. 그러나 지금도 여전히 '아우라'를 생각하게 된다.

처음의 질문으로 다시 돌아가 보자.

기술 발달 이후 우리는 미술관에 직접 가지 않아도 코앞에서 작품을 감상할 수 있는, 말하자면 '엄청난 혜택'을 받을 수 있게 되었다. 하지만 그럼에도 우리는 미술관에 직접 가고 싶어 한다. 가끔 예술 관련 수업을 할 때면, 루브르박물관의 〈모나리자〉 앞에 와글와글 서 있는 사람들의 사진을 띄우고, 이런데도 우리는 왜 루브르박물관에 가고 싶은지에 대해 묻곤 한다. 기껏 모나리자를 보기 위해 그 먼 곳까지 가놓고, 정작 몰려든 인파로 작품을 가까이에서는 볼 수가 없기 때문이다. 그럼에도 어떻게든 자세히 보기 위해 사람들은 스마트폰을 꺼내들고 카메라 어플을 실행한다. 줌을 잔뜩 잡아 모나리자를 크게 잡고, 화면 속으로 작품을 본다. 이게 무슨 일인가! 그럴거면 그냥 스마트폰으로 검색해서 보는 것이 훨씬 쾌적하고, 좋은 방법 아닐까?

하지만 내 이런 유도에도 질문을 받은 대부분의 청중은 불편함을 감수하고라도 루브르박물관에 직접 가고 싶다고 답한다. 그 유명한 〈모나리자〉의 원본을 직접 보고 싶은 마음 때문이다.

물론 여행은 여행 가방을 싸는 것에서부터 시작된다는 이야기가 있을 정도로 그 과정이 모두 중요하다. 모나리자를 직접 보러 가겠냐는 내 질문은 큰 의미가 없는 것이었다. 여행은 여행 그 자체이므로. 그러니까 작품 감상도, 작품을 만나러 가는 모든 여정이 작품을 만나고 인상을 형성하는 데 중요한 것이다.

사진과 VR 등 기술이 엄청나게 발전한다 하더라도 전시관을 찾는 사람들의 수는 줄지 않을 것이다. 아우라는 붕괴하지 않을 것이다. 직접 보는 것의 즐거움을 뿌리치기에 그 아우라가 가진 힘이 너무 크다. 원본을 품고 있는 공간에 가기 위해 내 시간을 할애해야만 하는 수고스러움을 감수하고라도 아우라를 거부할 수 없는 것이다.

아우라는 여전히 살아 있다. 벤야민이 이야기했던 변화 속에서 아우라도 그 겉모습은 변한 듯 보이지만, '지금-여기'에서만 느낄 수 있는 '원본'의 본질은 여전히 살아 있다. 전시장의 공기, 사람들의 웅성거림, 그리고 이것이 '원본'이라는 사실 하나로 두근거리는 심장 소리가 우리를 전시장으로 이끌 것이다. 인터넷 서핑이나 VR을 이용해서 작품을 만날수록 원본을 직접 마주하고 싶은 욕망이 커질 뿐이다. 아는 만큼 보인다는 불변의 법칙처럼 실제로 알기에 더 만나고 싶고 눈으로 직접 확인해보고 싶은 욕망이 생기는 것이다.

그래서 원본이 필요 없는 디지털 시대의 아우라는 '유사 아우라'라는 이름으로 변형되어 등장하기도 한다. 예를 들면 '한정판' 같은 것이 그렇다. 공장에서 찍어내는 것은 같지만 작품에 넘버링을 매겨 작품의 가치를 올렸던 워홀^{Andy Warhol}처럼 말이다. 분명 똑같은 인쇄물임에도 순번에 따라 작품이 가진 희소성이 달라진다. 새 화폐가 등장했을 때, 앞 번호를 소장하기 위해 길게 줄을 서 기다리는 사람들도 같은 심리일 것이다. 나 역시 평소에는 잘 먹지도 않던 비빔면이 한정판으로 나왔다는 소식을 듣자마자 높은 가격인데도 결제 버튼을 눌렀던 적이 있었다. 희소성이 있는 작품을 직접 소유하고 싶은 마음, 이것이 아우라를 향한 우리의 욕망 아닐까. 평소보다 더 매웠던 그 비빔면은 결국 다 먹지 못하고 쓰레기통으로 향하고 말았다.

'아우라'는 우리를 계속해서 전시장으로 이끌 것이다. 직접 전시관을 걷고 싶어 하는 것도 그런 이유 때문이지 않을까?

물론 전시장을 찾는 사람들의 발걸음에는 저마다의 이유가 있겠지만 말이다.

3. 현실의 유토피아, 헤테로토피아

어린 시절, 부모님은 식당은 운영하셨다. 거주지와 식당이 따로 떨어져 있었던 적도 있지만, 가장 오랜 시간을 보냈던 식당에는 식당 옆에 가건물을 세워 그곳을 거처 삼아 지냈다. 그러니까 우리집은 식당이었다. 추위와 더위에 약하고, 저녁 내내 식당의 소음을 견뎌야 했다. 그나마 다행인건 '내 방'이 있었다는 것이다. 거실과 주방은 없었다. 거실과 주방이 없이 방과 화장실로만 이뤄진 집이라니, 다소 불편할 것 같은 설명이지만 식당을 거실과 주방처럼 사용했으니 크게 문제가 될 건 없었다. 긍정적으로 생각해보면 아파트에 사는 친구들보다 훨씬 넓게 집을 썼다. 손님이 와 있는 시간을 제외하곤 말이다. 오빠 방과 내 방, 그리고 안방 딱 세 개의 공간이 존재했던 그곳에서, 나는 꿈을 꾸고 자랐다.

그럼에도 내 방은 '공인된' 공간이었다. 부모님이 내게 공적으로 내어준 공간이었다는 것이다. 책상과 침대, 그리고 피아노가 놓여 있던 내 공간은 내 공간이지만 나만의 공간이 아니기도 했다. 그곳은 굉장히 소중했지만, 거기까지였다. 부모님도 알고, 오빠도 아는 내 공간이었기 때문에 그곳은 나만의 비밀스러운 공간이 되지 못했다. 그래서 난 늘 나만의 공간을 꿈꿨다. 진짜 나만의 비밀스러운 공간.

아이들은 아지트를 좋아한다. 그건 '내 방'과 같은 의미는 아니다. 내 방을 가지고 있으면서도 이런 생각을 하는 게 사치스러울 수 있지만, 어릴 땐 무언가 신비롭고 환상적인 공간을 꿈꿨다. 예를 들면 이런 것이다. 미국 영화에 등장할 법한 전원주택의 뒤뜰 커다란 나무 위에 올려진 작은 오두막집. 혹은 일본 애니메이션에 자주 등장하는, 귀여운 요괴가 뛰어다닐 것 같은 다락방 같은 그런 공간. 벽장 문을 열면 새로운 세계가 펼쳐지는 동화 속 세상처럼, 토끼를 따라 들어간 곳에서 내가 주인공이 된 이야기를 꿈꾸었던 것이다.

우리가 살았던 공간에 다락방이나 나무 위의 집 같은 것이 있을 리 없었다. 우리집은 그렇다치고, 친구들이 사는 동네에도 그런 공간이 있을 것 같지 않았다. 그렇다고 포기할 것도 아니었다. 식탁 의자를 겹쳐 세워 얇은 이불을 덮으면 우리만의 공간이 만들어졌다. 누구나 한 번쯤 이런 공간을 만들지 않았을까? 지금은 아이들을 위한 인디언 텐트가 따로 있어 디자인도 세련되게 유통되지만, 사실 모양은 크게 중요하지 않다. 나만의 비밀스러운 혹은 우리만 입장할 수 있는 공간이라는 것이 중요하다. 놀이가 끝나면 곧 사라져버리겠지만, 우리만의 공간은 보물섬을 찾아 떠나는 배가 되기도 하고, 악당을 물리치기 위한 전초기지가 되기도 했다.

초등학교 고학년이 되었을 때, 나는 나만의 공간을 찾게 되었다. 아니, 우리만의 공간이라고 하는 것이 더 정확할 듯하다. 우리 집에서 멀지 않은 곳에는 공사가 멈춘, 넓은 공터가 있었다. 잡초가 무성히 자란 그 공간에 컨테이너 박스가 하나 있었다. 공사 인부들을 위한 쉼터였을 것이다. 당시에는 그것의 이름이 '컨테이너 박스'라는 것도 몰랐다. 겉으로 보기에 투박한 고철에 녹이 슨 철창으로 작은 창문까지 있어 굉장히 기괴한 느낌이었다. 날이 조금 어둑해지면 그쪽을 피해 가곤 했는데, 창문으로 누가 툭 튀어나올 것 같은 생각 때문이었다.

그런 장소에 가까이 가게 된 건 겁이 없는 동네 동생 덕분이었다. 나보다 한 살 어린 그 친구는 궁금한 건 참지 않는 성격이었다. 공교롭게 우리 아빠랑 이름이 같았던 그 친구와 등하굣길을 몇 번 같이하고 나서 굉장히 친해졌다. (중성적인 이름이었다.) 집도 가까웠고 말이다. 한 번은 집에 가는 길에 그 친구가 저기 가보자고 내 손을 이끌었고, 한 살 많은 언니로서 무섭다고는 못하고 우물쭈물 앞까지 갔다. 주변에는 뾰족한 철근이며 나뭇조각 같은 것이 흩어져 있었다. 끼익, 손잡이를 잡은 것도 동생이었다. 내심 문이 잠겨 있길 바랐지만, 문은 속절없이 열렸다.

"와, 여기 좋다." 그 친구는 고개를 쑥 들이밀고는 말했다. 무언가 무서운 것이 튀어나올 것이라 예상하고 잔뜩 겁을 먹고 있었는데,

'좋다'는 말에 안심을 하곤 안을 들여다봤다. 직사각형의 공간은 텅 비어 있었다. 가장 인상에 남는 건 바닥이 나무 무늬 장판이었다는 것이다. 우리집은 노란색 장판이었으므로 생각보다 말끔하고 '좋다'고 생각했다. 사무실 집기 같은 것도 없이 그냥 먼지만 좀 쌓여 있었다. 겉에서 보는 것보다 훨씬 깨끗했다. 학원을 따로 다니지 않았던 우리는 학교가 끝나면 자연스럽게 그곳으로 향했다. 부지런히 바닥을 닦고, 물건도 좀 갖다 놓으면서 우리만의 아지트를 만들었다. 지금 그런 공간이 생긴다면 아기자기 예쁘게 꾸몄을텐데, 그때는 그런 게 중요하지도 않았다. 그냥 바닥에 앉아서 이야기하거나 좋아하는 가수의 춤을 추거나 하며 오후의 시간을 보냈다. 하원 이후의 모든 시간이 자유로웠던 우리는 우리만의 공간이 생긴 것에 너무나 행복했다. 그런데 그 시간은 그리 오래 가지 못했다. 컨테이너 박스가 사라진 것은 아니었다. 나와 함께했던 동생의 고등학생 언니가 찾아와서는 위험하니까 다신 여기에 들어오지 말라고 으름장을 놓았기 때문이었다.

학교 선생님보다 '언니'가 무서웠던 나이, 다시는 그 공간을 찾지 않게 되었다. 그 언니의 입김 때문인지 그 동생과도 이후 어영부영 멀어지게 됐다. 그 좁은 공간에서 우리는 즐거운 시간을 보냈지만, 보호자의 시선으로 봤을 때 뭔가 불량해 보였던 것 같다. 시간이 흘러 중학교에 진학하고는 얼굴 한 번 보지 못하고 멀어졌다. 그럼에도 지금도 '공간'에 대해 생각할 때면 그 컨테이너 박스가 생각난다. 짧은 시간이었지만 우리의 아지트가 되었던 곳.

그곳은 우리가 머무는 동안 우리만의 유토피아였다.

일상 속, 다른 장소

원본을 가까이서 보고 싶은 마음은 우리를 전시관으로 이끌게 한다. 하지만 그것이 아니라도 미술관이나 박물관에 갔을 때 느껴지는 아득한 기분도 좋았다. 가끔은 전시관에서 지금 무엇을 전시하는지도 모르고 버스에 몸을 싣기도 했다. 마음이 복잡하거나 쉬고 싶을 때, 내가 좋아하는 전시관을 찾아다니기도 했다. 전시장을 찬찬히 걸을 때 세상과 단절된 기분이 나를 위로했다. 지금 일어나는 일은 아무것도 아니라고, 오래된 세월 안을 걸을 때면 내 걱정이 먼지처럼 작아질 때가 있었다. 마치 큰 우주 속에 있는 것처럼 말이다.

그런데 이런 생각은 나만의 것이 아니었다. 생각보다 '공간'에 대한 연구가 많이 되어 있다는 것을 알게 된 건 수업을 준비하면서였다. 다양한 이론을 중심으로 학생들의 의견을 주고받는 수업을 맡게 되면서 푸코의 헤테로토피아라는 개념을 접하게 되었다. 내가 그토록 찾아 헤맸던 '나만의 공간'이 전시관으로 나타날 수 있었다는 생각에 이르자, 내가 왜 그렇게 전시장을 좋아했는지 알 것 같은 기분이 들었다. (기분이 들었을 뿐 다 알지는 못한다)

근대라는 시간은 우리의 공간까지 변모시켰다. 푸코^{Michel Foucault}는 근대적인 개념의 공간을 이야기하기 위해 유토피아적인 공간에 대응하는 헤테로토피아라는 개념을 만들어낸다. 헤테로토피아란 '다른, 혼종된, 이질적인'이라는 의미의 '헤테로^{hetero}'와 공간이나 장소를 뜻하는 '-토피아^{topia/topos}'의 합성어로, 말 그대로의 '다른 공간'을 의미한다. 여기서의 '다르다'는 것은 일상의 공간에서 이질적으로 분리되며, 이의를 제기하는 공간을 말한다. 푸코는 유토피아와 긴밀하게 연결되지만, 엄밀하게 다른 공간으로의 헤테로토피아를 구분한 것이다.

일상의 공간에서 분리되며 이의를 제기하는 공간은 무엇을 의미하는 것일까? 일상에 존재하기는 하지만 분리되며, 일상의 공간에 이의를 제기한다는 말이 쉽게 다가오지 않는다. 이런 공간이 우리 주변에 존재하기는 할까?

우리는 모두 유토피아를 꿈꾼다. 내가 어린 시절 나만의 공간을 갖고 싶어 했던 것도 그런 이유였다. 어른들은 모르는 나만의 세계. 그러나 유토피아는 실제 세계에 구현될 수 없는 공간이다. 욕망이 모두 실현되는 유토피아는 존재하는 순간 사라져버리기 때문이다. 따라서 유토피아는 실제 세계에 존재할 수 없다. 유토피아는 말 그대로 환상적인 공간이다. 내가 바라는 이상향이 모두 모여 지속된다는 것은 불가능하기 때문이다.

그럼에도 나는 나만의 유토피아를 찾아다녔다. 그것은 순간적으로 나타났다 사라지는 공간이긴 하지만, 언제나 유토피아를 꿈꾸는 나에겐 혹은 우리에게 그 공간은 늘 존재했다. 의자를 맞대어 만들어 놓았던 텐트나 공사장의 버려진 컨테이너 박스처럼 말이다.

헤테로토피아는 우리 세계에 실제로 존재하는 공간이다. 이는 현대 사회에서 안식처 혹은 도피처가 필요한 현대인에게 잠시 벗어날 수 있는 공간으로 존재한다. 푸코가 이야기하는 것처럼 "우리가 살고 있는 공간에 대해 신화적인 동시에 현실적으로 일종의 이의제기를 하는 상이한 공간들"이 헤테로토피아로 나타난다는 것이다. 그곳은 우리가 살아가는 일상에서 혹은 그것과는 이질적인 공간에서 나타나기도 하며 우리의 삶에서 한시적으로 떨어져 있는 공간이기도 하다.

그렇다면 헤테로토피아는 현실에 어떤 형태로 존재할까? 푸코는 헤테로토피아라는 공간이 현실 세계에 어떻게 구현되는지를 설명하기 위해 '헤테로토폴리지'라는 개념을 들어 헤테로토피아의 여섯 가지 원리를 제시한다. 그것은 금지(혹은 일탈)의 공간, 공시태에 따라 의미가 달라지는 공간, 한 공간에 여러 공간이 겹쳐 등장하는 곳, 시간이 중첩된 곳, 열림과 닫힘이 함께 공존하는 곳, 모든 욕망이 구현되는 곳 등의 원리를 가진다. 공간에 대한 정의만 두고 본다면 어떤 공간을 의미하는지 알 수가 없다. 하지만 이 공간들의 공통

점은 바로 현실에 존재하지만 한시적으로 나타났다 사라진다는 것에 있다.

예를 들면 마을 어귀에 열리는 장터를 생각해보자. 평소 장터가 열리는 곳은 그 마을 사람들에게는 일상의 공간이지만, 일정한 시간을 두고 장터가 들어온다. 그리고 장터가 들어서는 순간 축제가 시작된다. 음식과 음악과 즐거움과 풍요로움이 생기지만, 그 공간이 계속 이어지지는 않는다. 일정한 시간을 보내고 난 뒤에 장터는 철수하고 다시 일상의 공간으로 돌아간다. 일상의 공간으로 돌아간다는 전제하에 그 즐거움과 풍요로움은 배가 된다. 여행을 떠나는 곳으로의 휴양지도 마찬가지다. 그곳을 일터로 누리는 누군가에게는 일상의 공간이지만, 여행자들에게는 일탈의 공간이 된다. 이국적인 풍경과 음식, 복장과 시간 분배까지 휴양지가 갖는 일탈은 평범한 일상을 버티게 해주는 동력이 된다. 축제다. 그곳이 축제의 현장이 될 수 있는 이유는 바로 순간적으로 나타났다가 사라지기 때문이다.

그러나 장터나 휴양지는 하나의 예시일 뿐 푸코가 이야기하는 헤테로토피아는 명확한 실체로 존재하는 것은 아니다. 그것을 받아들이는 주체가 어떻게 느끼느냐에 따라 헤테로토피아일 수도, 그렇지 않을 수도 있기 때문이다. 그리고 사실 위의 여섯 가지 이론을 적용한다면 헤테로토피아라는 공간으로 명명할 수 있는 곳은 수없이 많아진다. 그럼에도 푸코가 이런 공간을 설정한 이유는 근대적인 공간의 특성을 드러내기 위함이다. 우리가 살아가는 '공간'을 설명하는 것이다.

유토피아가 이뤄지는 현실의 공간, 이런 공간은 일상이 되는 곳과는 '다른 공간'이며 '한시적'이라는 특징을 지닌다. 즉 헤테로토피아는 내 주변의 공간 어디든 될 수 있지만, 그것이 영원히 지속되지는 않는다.

이렇게 생각하고 주변을 돌아보면 헤테로토피아는 이곳저곳에서 등장한다. 푸코의 예시 중에 가장 먼저 내 눈길을 사로잡은 것은 바로 '다락방'이다. 그는 어린아이들이 한시적으로 만드는 '다락방, 다락방 한가운데 세워진 인디언 텐트, 목요일 오후 부모의 커다란 침대' 등을 예로 들며 한시적인 유토피아에 대해 설명한다. 이곳은 아이들에게 숲속이 되기도 하고, 바다가 되며, 하늘이 되기도, 또 우주가 되기도 한다. 아이들은 부모가 금지한 행동, 예컨대 '침대 위에서 뛰지 말아라!'와 같은 행동을 하며 쾌락을 얻게 된다. 유토피아! 어릴 적 내가 찾아왔던 아지트가 그런 의미였다는 생각에 이르자, 전시장에서 느꼈던 궁금증이 풀렸다.

내 작은 다락방

우리만의 아지트를 가진 뒤에도(물론 금방 사라지고 말았지만) 크고 작은 내 아지트들은 내 삶을 스쳐 지나갔다. 고등학교 때 동아리 방이나 손님에 연연하지 않던 자취방 앞 카페 등이 그러했다. '아지트'라는 수식어를 붙였던 크고 작은 공간들 말이다. 생각해보면 나는 계속해서 어떤 '공간'을 원했는데, 그것은 내 삶이 되는 집과는 다른 종류였다. 전시관도 마찬가지다. 원본의 아우라를 느끼기 위해 전시장을 찾기도 하지만 그 공간에서만 느낄 수 있는 기분이 좋아서 찾기도 했다. 그중에 지금도 가끔 생각나는 곳은 인사동의 작은 화랑이다.

인사동으로 진입하는 길은 다양하다. 안국역에 내려도 좋고, 종각역에 내려도 좋다. 한때 인사동의 미술 잡지 회사에서 취재 기자를 했던 나는 종각역에서 내려 건물들 사잇길로 사무실에 가곤 했다. 길을 잘 몰랐기에 매일같이 출근하면서도 종로와 을지로, 명동, 안국동 등이 모두 근접해 있다는 사실을 알지 못했다. 지금처럼 입체적인 지도로 위치를 확인할 수 있는 시기도 아니었다. 그래서 종각에 있다가 명동에 가기 위해 1호선에서 4호선으로 갈아타는 수고로움을 겪기도 했다. 충분히 걸어서도 갈 수 있는 곳이라는 것을, 아니면 버스를 이용하면 좀 더 빠르게 진입할 수 있다는 것을 전혀 몰랐다. 머리가 나쁘면 몸이 고생하는 전형적인 사례였다.

종각에 출근하며 좋았던 점은 인사동 길을 매일 걷는다는 것이었다. 외국인이나 내국인이 모두 관광지로 찾는 그곳이 내 생활반경이라는 것은 언제나 특별한 기분에 들게 했다. 내가 하는 일은 인사동의 작은 화랑을 돌면서 취재 기사를 쓰는 것이었다. 잡지사에서 나를 위한 명함도 만들어줬다. 평소 좋아하는 일을 하면서 작가와 직접 이야기를 할 수도 있다니, 이보다 더 좋은 일은 없었다. 보통 일주일 씩 전시를 이어갔기 때문에 전시장들이 오픈하는 특정 요일에는 골목골목을 찾아 들어갔다.

관광으로 많이 찾는 중앙 길 양쪽에는 좁은 골목이 여럿 있다. 당시만 해도 그 골목엔 작은 화랑들이 빽빽하게 들어차 있었다. 〈인사동 스캔들〉이라는 영화가 나올 정도로 인사동은 다양한 미술 작품과 골동품이 자리하는 예술계의 메카였다. 물론 그때도 몇몇 화랑이 강남으로 이동 중이라는 이야기가 있었지만, 그럼에도 '예술을 한다면 이곳에서 해야 하지 않을까?'라는 생각이 들 정도로 많은 예술가가 모여들었던 곳이었다. 굳이 한 공간에 모여서 작업하지 않아도 될 정도로 인터넷 통신이 발달된 지금은 많이 분산되었지만 말이다.

모두가 저쪽이거나 이쪽 방향의 큰길로만 걸었다. 하지만 나는 그들을 비집고 중간의 골목으로 방향을 꺾었다. 마치 해리포터가 기차역에서 나만의 문에 들어가는 것처럼 무언가 다른 방향으로 움직인다는 것은 짜릿함을 주었다. 작고 소담한 화랑은 입장료도 없다. 작품도 적고, 그다지 볼 것 없어 5분도 안 되어 나올 때도 있었지만, 또 어떨 땐 다섯 점도 안 되는 그림을 보느라 시간 가는 줄도 모르고 그곳에 머물기도 했다.

그중에서 내가 좋아했던 곳은 작품 열 점이 걸릴까 말까 한 작은 화랑이었다. ㄱ자 모양의 전시장은 좁은 입구로 들어서서 3-4걸음 걷고 나면 바로 코너가 나왔다. 코너에는 작은 데스크가 있었고, 꺾은 방향으로 2~3걸음 걸으면 끝날 만큼 아주 협소한 공간이었다. 그래도 인사동의 작은 화랑들 치고는 위치가 좋았고, 전시도 끊이지 않았다. 귀동냥으로 들은 바에 의하면 대관료가 저렴한 편도 아니었다고 한다. 위치가 좋았는지, 아니면 나처럼 단골(?)로 찾는 사람들이 있었는지는 알 수 없다. 전시장에는 다양한 장르의 작품이 걸렸지만 아무래도 전시장의 크기 때문에 작은 호수의 회화 작품 위주의 전시가 대부분이었다.

어떤 특정 작품이 좋다기보다 그 '공간'이 좋다는 경험은 특별했다. 나는 그곳의 주인도 아니고 작가도 아니었지만, 일주일에 한 번 잠시 머물다 나오는 것만으로도 좋았다. 매주 바뀌는 전시의 주인공보다 매주 이 공간을 찾는 내가 조금 더 특별하게 느껴졌달까. 전시가 열리는 날이면 기사를 쓰기 위해 늘 첫 번째로 그 화랑에 들렀다. 어떤 의식처럼. 혼자 앉으면 꽉 차는 데스크에는 젊은 화가부터 나이가 지긋하신 노년의 화가까지 다양한 작가가 앉아 있었다. 물론 아무도 앉아 있지 않을 때도 있었다. 그곳이 하도 좋아서 '나도 언젠가 이곳에서 전시를 하면 어떨까?'라는 생각을 해 본 적도 있다.

이제 그 화랑은 없다. 인사동에서의 일을 그만두고 한동안은 그곳에 발길을 두지 않았기에 언제 문을 닫고 다른 가게가 들어왔는지 정확히 알 수는 없다. 오랜 시간이 흐른 뒤 스치듯 지나갈 때 화랑이 없어진 걸 알게 되었다. 마법처럼 그 화랑이 그 자리에 있었다면 그것도 반가웠겠지만, 지금은 사라져버린 그 공간이 그렇게 아쉽지는 않았다. 그곳은 나만의 작은 유토피아, 헤테로토피아였기 때문이다. 원래 환상적인 곳이었기에 지금 내 현실에 없다고 한들 하나도 이상할 것이 없다. 내 작은 유토피아, 헤테로토피아.

+

예술 쪽에 적을 두고 있거나 엄청난 관심을 두지 않는 이상, 많은 사람은 어디 미술관을 가야 할지 몰라 발걸음을 떼지 못하기도 한다. 미술관이라고 하면 국립현대미술관이나 한가람미술관, 시립미술관 정도 덩치 큰 미술관을 생각하는데 사실 미술관은 도처에 있다. 그것도 예전에는 인사동이나 청담동을 가야만 화랑들이 모여 있어 들어갈 수 있었는데, 요즘에는 스마트폰에 검색 한 번이면 주변에 있는 미술관들을 알려준다.

특히 요즘에는 '예술 공간'이라는 이름으로 갤러리 겸 커피숍 겸 도서관과 서점 등 작은 공간을 다양하게 활용하는 곳이 많다. 버려진

목욕탕이나 공장도 새로운 공간으로 태어난다. 이런 작은 갤러리에서는 거대 미술관에서 기획하는 세계적인 유명 작가의 작품을 기대할 순 없지만, 신진 작가들의 번뜩이는 작품들을 만날 수 있다는 이점이 있다.

나를 부르는 작품을 만나기 위해서는 많은 작품을 만나봐야 한다. 해 질 녘, 커피 한 잔 하러 산책길을 나서 작품으로 둘러싸인 커피숍을 들러보면 어떨까. 우연히 내게 말을 거는 작품을 만날 수 있을지도 모른다.

시간과 시간의 공간

한편 푸코의 헤테로토피아의 여섯 가지 원리 중 '시간'과 관련된 요소는 전시관을 헤테로토피아적인 공간으로 설명할 수 있게 만든다. 바로 '박물관'에 관한 이야기다. 고등학교 2학년 때 창덕궁에서 처음 느꼈던 그 아득함은 '나만의 아지트'에서 오는 느낌은 아니었다. 오랜 시간 속에서 내 걸음이 겹쳐 있는 것 같은 기분이 들었던 것은 분명 '시간'과 연관이 있었다.

지금 용산에 자리하는 '국립중앙박물관'은 1995년에 이관, 2005년에야 기공식을 할 수 있었다. 2005년이라는 시간이 너무나 현대적인 것과 맞물려 '국립중앙박물관' 치고 우리의 '국박'은(국립중앙박물관을 이렇게들 부른다) 너무나 세련된 '새' 건물이다. 세계적으로 유명한 박물관들이 그 나라의 역사적인 장소에 자리를 마련하는 것과는 다르다.

사실 국립중앙박물관은 경복궁 앞자리에 있었다. 지금은 무너져버린 조선총독부 건물이 그곳이었다. 1995년 광복절인 8월 15일, 우리 긴 역사의 슬픔을 안고 있던 조선총독부 건물이 무너졌다. 김영삼 정부에서 조선총독부를 무너트리기로 결심한 것이다.

지금은 광화문 거리로 유명한 그 광장에 거대한 조선총독부 건물이 있었다는 것은, 나 역시 사진으로만 알 수 있는 사실이다. 1995년이면 초등학생이었고, 서울에 살고 있지도 않았기 때문에 총독부 건물을 무너트리는 일이 어떤 의미인지 모르고 지났을 터였다. 그럼에도 여전히 옛 사진을 꺼내들면 지금과는 너무나 다른 풍경에, 이상한 기분이 든다.

총독부 건물을 무너트리기로 하기까지 많은 논쟁이 오갔다. 이는 당연한 일이었다. 치욕적인 흔적을 지운다고 해서 없던 것이 되는 일이 아니라고 주장하는 사람들과 경복궁이 굽어보는 거리를 틀어막아 세운 총독부를 없애야 한다는 사람들의 의견은 좁혀지지 않았다. 신문이나 책으로만 확인해보는 내용이지만, 당시 사람들은 굉장히 진지한 태도로 우리의 역사에 대해 임했을 것이라는 생각이 들었다.

일본에서 막대한 비용을 감수하고라도 자신들이 가져가겠다고 했지만, 우리가 승낙하지 않고 폭파 버튼을 눌렀다는 이야기가 떠도는 걸 보면 많은 이의 관심이 집중되었던 일임이 분명하다. 어쨌든 지금 우리에게 그 공간은 없어졌다. 막힌 곳 없이 뻥 뚫린 광화문 네거리를 볼 때면 속까지 트이는 기분이지만, 그 자리에 있었던 총독부 건물을 생각하면 박물관이 갖는 의미에 대해 다시 생각해보게 된다.

그래서 지금 우리가 찾아가는 국립중앙박물관은 장소 그 자체로 역사적인 의미를 갖는 것은 아니다. 그래도 박물관 안에서만 만날 수 있는 우리의 역사적인 유물이 역사적인 시간을 재현해준다. 특히 높은 천고로 가득 솟은 탑과 조각상이 전시된 곳에 서서 그 거대한 작품들을 볼 때면 말로 설명할 수 없는 위엄을 느끼기도 한다.

그런 이유로 진짜 옛터에 위치한 전시장에 가면 조금 다른 기분을 느낄 수 있다. 창덕궁을 걸으면서 시간의 아득함을 느꼈던 것처럼 말이다. 하나의 거대한 전시장으로서 창덕궁과 이왕가미술관이었던 덕수궁은 모두 역사라는 시간성과 관련 있다. 이곳에는 여러 시간이 차곡차곡 쌓여 있기 때문이다. 푸코는 이런 '시간의 공간'에 대해 다음과 같이 설명한다.

모든 것을 축적한다는 발상, 어떤 의미로는 시간을 정지시킨다는 발상

혹은 시간을 어떤 특권화된 공간에 무한히 누적시킨다는 발상, 어떤 문화에 대한 보편적인 아카이브를 구축한다는 발상, 모든 시간, 모든 시대, 모든 형태와 모든 취향을 하나의 장소 안에 가두어 놓으려는 의지, 마치 이 공간 자체는 확실히 시간 바깥에 있을 수 있다는 듯 모든 시간의 공간을 구축하려는 발상, 이는 완전히 근대적인 것이다. [지금과 같은 형식의 공공의] 박물관과 도서관은 우리 문화에 고유한 헤테로토피아들이다.[3]

그는 시간을 모은다는 발상을 근대적 공간의 표상이라고 설명한다. 시간을 모은다. 박물관이나 도서관을 염두에 두지 않고 보았을 땐 터무니 없는 말일 뿐이지만, 그 장소를 생각하면 온갖 시간이 모여 있다는 것에 이의를 제기할 수가 없다. 시대별로 정리된 박물관이나 이름을 남기고 세상을 떠난 사람들의 책이 모여 있는 도서관이나 온갖 시간이 모여 있기 때문이다. 이렇게 시간이 겹쳐진 공간에서 우리는 새로운 경험을 하게 되는 것이다.

박물관, 도서관, 미술관. 크게 전시의 의미를 갖는 이 공간 속에서 내가 느끼는 아득함은 현실 속에 유토피아가 재현된 것에서 온 느낌이었다. 내 발걸음이 박물관으로, 도서관으로, 미술관으로 향한다면, 그리고 그 안에서 어떤 아득한 느낌을 마주하게 된다면 우리는 우리의 헤테로토피아를 만난 것은 아닐까. 한시적으로 나타나 시간 속에 나를 던져두고 다시 사라지는 유토피아, 헤테로토피아.

3) 미셸 푸코 지음, 『헤테로토피아』, 이상길 옮김, 문학과지성사, 2018, 20쪽.

4. 그 자리에 서서

다시,
전시장에 들어간다.
작품 앞에 선다.
걸음이 멈추는 곳,
그곳에 내가 서 있다.

코로나가 잠시 소강상태였던 시기, 무기한 휴관이었던 미술관이 문
을 열었고 운이 좋게 전시를 관람할 수 있었다. 미리 예약한 소수 인
원에 한해서만 입장이 가능했다. 매표소에서 표를 받아들고 덕수궁
으로 들어가니 공기가 허리춤까지 낮아졌다. 바깥 날씨는 매우 무
더웠지만, 궁 안으로 들어가자 시원한 바람이 불었다. 오래된 나무
들이 만든 그늘 덕분이었다. 소란스러웠던 도시의 공기가 고요해지
는 것처럼 소란스럽게 돌아가던 마음도 잠시 차분해진다. 오래된
나무 사이를 지나 전시장으로 가는 길은 시간과 시간을 걷는 길이
된다.

전시장은 내게 헤테로토피아, 현실에 있는 나만의 유토피아다. 내 모든 환상이 잠시 실현되는 공간. 가지 않는 것과 가지 못하는 것의 차이는 크다. 거리두기의 일환으로 문을 닫았던 전시장에 비로소 발을 들여놓으니, 무뎌졌던 감각이 살아나는 기분이었다. 최상의 전시를 감상하기 위해 공간을 구성한 학예사들이 만들었을 화살표를 따라 전시관에 들어선다. 1, 2, 3, 숫자. 가, 나, 다, 글자. 전시장은 작품 외에도 숫자와 글자로 가득했다. 글과 그림은 그렇게 서로에게 작용하고 있다.

자주 갔던 전시장에서 몸은 자동으로 움직인다. 어느 관부터 어떤 방향으로 돌아봐야 하는지, 발걸음이 먼저 알고 그곳으로 향한다. 복도를 지나 전시장으로 진입하면 묘한 긴장감이 형성된다. 그림을 조금이라도 가까이서 보려는 관람자와 그로부터 작품을 보호하려는 직원들의 밀고 당기기가 시작되는 것이다. 그래서 전시장에는 그림을 감상하는 시선과 그림을 보호하는 직원들의 시선이 엉켜 있다. 조금 더 가까이서 보고 싶은 작품 앞에 선다. 그러면 나도 모르게 작품을 보호하는 펜스 안쪽으로 몸을 기울인다. 주위를 경계하던 직원의 시선이 내게로 향함을 느낀다. 그 시선이 나를 제지하는 발걸음으로 옮겨지기 전에, 곧게 몸을 세운다. 작품 옆에 새겨진 작은 글자를 읽으려 눈썹을 잔뜩 찌푸린다. 작가명과 작품명, 설명이 빼곡하게 적힌 글자를 눈 안에 남김없이 담고, 다음 작품으로 발을 옮긴다.

전시장은 내게 헤테로토피아, 고요하게 요동치는 전시장의 분위기에 취해 잠시 현실과 동떨어진 나는 나만의 위안을 얻는다. 회화와 조각과 글자들 사이에서 나는 잠시 현실을 놓을 수 있다. 작품을 이해하기 위해 몰입하고, 내가 서 있는 자리에 작가의 환영을 그려본다. 그러다 운이 좋은 날엔, 또 다른 유디트를 만나기도 한다.

*

작품을 대할 때마다 가슴이 쿵쾅거린다는 사람을 만난 적이 있다. 어떤 작품을 만났을 때 그랬냐는 질문에 너무 많아서 모두 헤아릴 수 없다는 대답이 돌아왔다. 놀라운 일이었다. 부럽기도 했다. 내가 어디에서 행복을 느끼는지 정확하게 아는 것은 정말 큰 행운이다. 나는 그 사람처럼 매 순간 가슴이 쿵쾅거리진 않지만, 어떤 작품들을 만날 때 가슴이 쿵 하고 내려앉는 경험을 하기도 한다.

학생들을 만나는 직업을 갖고 있다 보니, 학생일 때 더 자주 전시장을 찾으라는, 잔소리 아닌 잔소리를 늘어놓게 된다. 아무래도 평일 한가한 시간에 전시장을 찾을 수 있는 건 학생의 특권이라는 생각에서다. 학생으로 돌아간다면 조금 더 자주 전시관을 방문할 텐데, 내 후회에서 오는 잔소리다. 그랬으면 내 가슴을 쿵쾅거리게 하는 작품을 더 많이 만날 수 있었으리라 생각한다. 그 아쉬움이 남아 학생들에게 더 자주 얘기하게 된다. 내가 그랬던 것처럼, 내게 말을 거는 작품을 만날 수 있길.

전시장에 찾아가지 않고는 그런 경험을 할 수 없다. 복권을 사지 않고 복권이 당첨되는 것을 기대할 수 없는 것처럼 말이다. 해야 할 일로 넘쳐나는 세상을 살아가는 와중에 나를 위안하는 작품을 만날 수 있다면, 그보다 더한 행운이 있을까?

내게 말을 거는 그림이 있다. '언제-어디에서'라는 예고 없이 기습적으로 찾아오는 걸 보면, 가슴을 쿵쾅거리게 만드는 작품은 내가 선택하는 것이 아니라 그림이 나를 선택한 것이라는 생각도 든다. 취향의 문제와 상관없이 작품은 언제고 내게 찾아온다. 내게 찾아와 말을 건다.

물론 전시장의 모든 그림에서 그런 경험을 하는 것은 아니다. 어쩔 땐 어떤 작품도 만나지 못하고 돌아올 때도 있다. 그래도 아쉽지 않다. 전시장이라는 공간 자체가 내겐 특별하기 때문이다.

전시장을 찾는 것도, 그 안에서 나만의 공간을 만나는 것도, 결국 작품이 있는 공간이었다. 그것은 미술관의 미술 작품이 될 수도 있고, 박물관 속 전시품일 수도 있다. 혹은 어떤 공간의 건축물이 될 수도 있다. 오늘도 내 작품을 만나기 위해 신발을 신는다. 전시장으로 이끄는 작품들, 그림들. 이는 본질적인 질문으로 회귀한다. 그림이란 무엇인가? 나는 왜 그림을 보는가?

그림이란 무엇인가?

그림 앞에 선다.
그리고 그림을 본다.
그러면 '왜' 그림을 보는 것일까?

글 쓰는 것이 좋아 문학을 전공했다. 학창 시절을 떠올려보면, 주변 사람들에게 글깨나 잘 쓰는 친구로 기억될 것 같다. (사실과 다를지라도 말이다) 책 읽는 것도 좋아했고, 영화나 드라마를 내 식으로 해석하는 것도 좋아했다. 친구들은 내가 말하는 것에 귀를 기울여줬고, 나 역시 내가 가진 재능을 마음껏 뽐내고 즐겼다. 조금만 노력하면 지역 백일장에서 상을 타기도 했다. '야자' 시간에는 친구들의 이름을 넣은 짧은 시를 적어주기도 했다. 어른이 되면 당연히 작가가 될 것이고, 성공해서 밥벌이도 할 수 있을 것 같았다.

그런데 막상 대학에 입학하고 글 쓰는 사람들 사이에 있다 보니, 내 재능이 보잘것없이 느껴졌다. 글을 잘 쓰는 사람들은 세상에 너무 많았고, 내가 쓴 글은 말 그대로 별거 없었다. 그래서 공부를 더 해야겠다고 생각했다.

그런데 문학만을 공부하고 싶지는 않았다. 그림도 그리고 싶었다. 내가 글을 쓰고, 그림을 그린 그런 동화책을 만들고 싶었다. 하지만 아쉽게도 미술을 전공하기엔 재능이 따라주지 않았다. 미술학부 이중 전공도 시도해봤지만, 당연하게도 '실패'했다. 기초부터 제대로 배워본 적도 없으면서 학위를 따는 건 불가능한 일이었다. 그래도 그림이 좋았다. 그래서 대학원 때는 문학과 미술을 함께 다루는 비교문학을 전공했다. 남들은 다 취업 전선에 뛰어들었지만, 무슨 자신감이었는지 나는 다른 길은 크게 고려하지 않고 학교에 남는 것을 선택했다. 23살이었고, 지금 생각하면 아무것도 몰랐기 때문에 더 용감할 수 있었던 것 같다.

대학원을, 그것도 '문학과 미술'이라는, 경계 밖의 공부를 한다고 했을 때, 나와 가까운 사람들은 하나같이 내 미래를 걱정했다. 대부분은 취업과 관련된 걱정이었다. 게중에 문학만 하거나 미술만 파고들어도 될까 말까인데, 둘 다 해서 얼마나 할 수 있겠냐는 말을 듣기도 했다. 따끔했다. 모두 사실이었기 때문이다. 나는 문학은 둘째치고, 미술에 대해선 정말 잘 몰랐다. 인터넷에서 정보를 찾고 교양서를 뒤적이는 것으론 충분치 않았다. 대학원에 입학했다고 해서 사정이 크게 달라지는 것도 아니었다. 미술 관련 학과가 아니었기에 체계적인 이론을 접하기가 어려웠다. 그나마 다행인 건 미술 공부도 즐겁게 하고 있다는 사실이다.

글과 그림, 둘 다 좋아하지만 접근하는 방식은 조금 다르다. 작가를 꿈꿨던 스무 살처럼 창작하지는 않지만, 논문이나 비평 등의 글을 쓰며 살아가고 있다. 그림을 그리고 싶었지만, 재능의 한계를 깨달은 지금은 미술 창작보다는 감상을 좋아하게 되었다. 그러니까 지금의 나는 글 쓰는 것을 좋아하고, 그림은 보는 것을 좋아한다. 공책에 낙서하는 것도 창작이라면 창작일까? 둘을 대하는 태도가 다르니, 나로서도 왜 이 두 가지를 함께 다루는지 알 수가 없다. 질문에 휩싸여 있다.

취업을 염두에 둔 것도, 미술 작가가 되려는 것도 아니었다. 그저 두 가지를 함께하는 것이 재미있고 좋았다. 그래서 스스로 부족함을 느끼면서도 꾸준히 계속 함께하고 있는 것이다. 지금처럼 말이다. 그래서 나 자신에게 묻곤 한다. '그림은 무엇일까? 나는 왜 그림을 보는 것일까? 그림을 본다는 것은 내게 어떤 의미일까?'

여전히 답을 내릴 수 없고, 앞으로도 내릴 수 없을 것 같지만, 그럼에도 생각의 꼬리를 물고 들어가다 보면 책에서 많은 힌트를 얻기도 한다. 대학원 시절, 수업을 듣던 중 나는 내 주변을 맴돌던 질문과 같은 질문을 발견한다. 정신분석 수업을 들으며 구입한 라캉의 세미나 11권 목차에서였다.

"그림이란 무엇인가?"

나를 위로하는,

젊은 청년이었던 라캉^{Jacques Lacan}은 시선에 대해 자신이 겪었던 경험에 대해 이야기한다.

한 남자가 파도 표면에 떠다니는 무언가를 제게 가리켰습니다. 그것은 작은 깡통, 정확히 말하자면 정어리 통조림 깡통이었습니다. 우리가 고기를 대주던 통조림 공장의 증거물이나 된 듯 그 깡통은 햇빛을 받으며 떠다니고 있었습니다. 그것은 햇빛을 받아 반짝반짝 빛나고 있었지요. 그는 "보이나? 저 깡통이 보여? 그런데 깡통은 자네를 보고 있지 않아!"라고 제게 말했습니다.[4]

언제나 그렇듯이 위대한 발견은 사소하게 시작된다. 나만 깡통을 보고 있다고 생각했지만, 사실 깡통도 나를 보고 있었다. 나는 왜 깡통도 날 보고 있을 거라는 생각을 하지 못했을까? 라캉은 '눈이 있어도 보지 못한다.'는 말을 하며, 눈이 있어도 나를 보는 응시를 알아차릴 수 없음을 이야기한다.

내가 늘 보고 있다고 생각하지만, 반대로 나를 둘러싼 모든 것도 나를 보고 있다. 라캉은 이를 시선^{eye}과 응시^{gaze}로 나눈다. 내가 보는 것은 시선이고 나를 보는 것은 응시다. 그러나 우리는 어디로부터

4) 자크 라캉 지음, 『세미나 11 정신분석의 네 가지 근본 개념』, 맹정현·이수련 옮김, 새물결, 2008, 149쪽.

응시가 오는지 알 수 없다. 그러니까 주체는 늘 나를 보는 응시로부터 자유로울 수 없다.

가만히 생각해보면 정말 그렇다. 나는 늘 무언가를 본다. 내가 늘 무언가를 보고 있다는 말은, 보는 것의 대상이 된다는 말이기도 하다. 나 아닌 대상도(그것이 사물일지라도) 늘 무언가를 보고 있을 것이기 때문이다. 내가 무언가를 보고, 무언가도 무언가를 본다. 말장난 같지만, 보고, 보이는 것은 동시에 일어날 수밖에 없다.

아직도, 여전히, 그리고 앞으로도 '안다'고 자신할 수 없지만, 라캉의 이 이론을 접하고 나는 내 시선과 계속해서 누군가의 응시에 사로잡혀 있음을 생각하지 않을 수 없었다. 왜냐하면 라캉은 "그림이란 무엇인가?"라는 질문을 던지며, 그림이 이런 응시를 내려놓게 만든다고 말하기 때문이다. 그림은 주체에게 볼거리를 제공하고, 그림을 감상하는 동안 우리는 응시로부터 자유로울 수 있게 된다. 여기에서 우리는 아폴론적인 위안, 즉 예술적인 위안을 얻게 된다.

라캉식으로 말하자면, 나는 그림 앞에서 (응시로부터) 자유로울 수 있었다. 생각해보면 그림 속에 빠져드는 순간은 내 시각장 속에 들어와 있는 그림과, 나만, 존재할 뿐이다. 내 주변을 둘러싼 응시를 내려놓는 순간이 내게 위안과 평온함을 주는 것이라면, 내가 그림을 좋아하는 이유를 설명할 수 있다.

그 그림이 나를 불러 세운 이유를 말이다.

나는 나를 보고 있는 나를 보고 있다

달리의 그림 중에 〈갈라의 기도〉라는 작품이 있다. 밀레의 〈만종〉에서 영감을 얻은 달리가 다양한 시도를 한 작품 중에 하나라고 알려져 있다. 하지만 내 눈길을 끈 것은 이 작품이 달리의 뮤즈였던 갈라를 그리고 있음도, 뒤에 걸린 액자의 사람들이나 갈라가 앉은 의자가 밀레의 〈만종〉에서 왔음도 아니었다. 바로 그림 속의 여인을 바라보는 여인이 같은 인물이라는 점이다.

그러니까 나는 '나'를 보고 있다. 그리고 그 안의 '나' 역시 나를 본다. 내가 보는 수많은 것은 결국 나를 보는 것이다. 라캉이 인용한 '나는 나를 보는 나를 보고 있다.'는 명제는 그런 의미에서 그림을 보고 있는 나를 설명할 수 있다.

시나 소설을 읽고, 영화를 보는 것도 마찬가지다. 작품을 감상하는 것은 그 안에서 내 이야기를 들여다볼 수 있기 때문일 것이다. 모든 이야기의 주체는 나로 돌아올 수밖에 없다. 나는 그림을 보며 그 안에서 위안을 얻고, 또 그 안에서 나를 만난다. 작품 속에 공감하고 위안을 얻는 것은 결국 내 이야기에 대입하고 공감하는 과정이기 때문이다.

그림을 보는 것은 결국 '나'를 만나는 일이다. 그리고 그 안에서 위안을 얻는다. 내가 나를 들여다보는 일, 나를 위로해주는 일. 반대로 얘기하면, 내게 말을 건 그림도, 어쩌면 나도 알아차리지 못하는 내가 나를 불러세우는 일이 된다. 나를 만나고, 나를 통해 위안을 받는 것에서 나는 그림을 계속 보고 싶어했던 것은 아닐까.

*

1929년 심훈은 조선 총독부 주관의 조선미술전람회를 보러 간다. 이광수가 1916년에 첫 현장 미술비평문을 발표한 지 13년의 시간이 흐른 뒤였다. 그동안 조선에는 다양한 미술 단체와 전람회가 생겼다. 직업적으로 그림을 그리는 화가들이 생기기 시작했고, 순수회화가 아니라도 표지나 포스터 등을 통해 미술이 대중에게도 친근하게 다가가게 되었다. 그럼에도 여전히 전문 미술비평가는 부재했다. 전시에 직접 참여하는 화가나 글을 써서 업을 이어가는 문인들이 함께 미술비평을 이어갔다.

소설『상록수』와 시「그날이 오면」으로 기억되는 심훈은 시와 소설 외에도 시조, 아동문학은 물론이고 영화에서도 발자취를 남기며 우리 문예사에 중요한 작가로 기억된다. 하지만 그가 쓴 미술비평문은 그다지 주목받지 못했다. 우선 그가 쓴 미술비평문이 단 한 편으로 남았기에 분량으로도 부족했지만, 작성자의 이름이 '심훈'이 아닌 '심묵'으로 기록되어 있기 때문이었다.

'심묵沈默' 혹은 '침묵沈默'으로 읽히는 저자는 심훈沈熏과는 확실히 다른 이름이었다. 심훈의 '熏'이 '薰'과 형태가 비슷하여 간혹 오기가 있긴 했지만, 沈默을 오기라고 하기엔 형태가 많이 달라 그 글이 '심훈'의 것이라고 유추하기까지 오랜 시간이 걸렸기 때문이다. 게다가 심훈이 관람한 전람회는 제8회였는데 제목엔 제9회라고 잘못 기록되기도 하고, 본격적인 비평문이라기엔 감상이 주가 되어 자주 언급되진 않았다. 그래서인지 다양한 방면으로 연구된 심훈의 다른 작품에 비해 그의 미술비평 활동은 학계에서 주목받지 못했다.

당시 화가들과도 친분을 유지하던 심훈이 전람회에 다녀와서 비평문을 쓸 것이라는 예상은 자연스러운 부분이기도 했다. 실제로 당시는 문인들이 미술비평 활동에 뛰어든 시기이기도 했다. 전문적인 미술비평가가 존재하지 않았기에 화가들과 문인들이 전시평을 남기며 미술비평의 맥을 이어가고 있었다. 흥미로운 점은 심훈이 보고 있는 전람회의 풍경이 화가가 보고 있는 것과 확연하게 다르다는 것이다. 화가들이 작품의 기술에 초점을 맞췄다면, 문인들은 작품의 내용을 중점적으로 봤다. 그래서 심훈은 당해 어떤 상을 받았거나 그렇지 않거나는 크게 중요하지 않았다. 자신의 마음을 사로잡은 작품을 만나고, 그 작품에 대해 깊은 내용을 풀어내고자 했다.

**
심훈은 이 비평문을 쓸까, 말까 많은 고민을 해야 했다. 문인들이 쓰는 미술비평문을, 정작 화가 중 일부는 그다지 반가워하지 않았기 때문이다. 비평을 하는 사람이나, 비평을 당하는 사람이나 모두 미숙하던 시절이었다. 전문적이지 않은 지식으로 남의 작품을 평가하는 문인들이 마음에 썩 내킬 리가 없었다. 하지만 비평을 적는 사람이 꼭 전문가여야 할 이유는 없었다. 그는 본인을 일반 감상자라 밝히고, 당당히 자신의 감상을 적기로 했다. 전문인이 아니기에 기법에 대해서는 이야기할 것이 없었다. 그래서 이번 회의 특선이니 무감사니, 이런 건 심훈에게 그리 중요한 것이 아니었다. 그는 자신의 감상에 솔직한 글을 적기로 한다.

전람회는 9월에 있었고, 심훈이 글을 발표한 건 11월이었다. 전람회가 끝나고 한참의 시간이 지난 뒤 적는 글이라 그는 기억을 더듬어야 했다. 사진으로 작품을 남겨둘 수 있는 것도 아니었다. 그는 자신의 친구이자 동료인 화가 안석주가 적은 비평문을 참고했다. 그리고 자신이 적어둔 메모장을 꺼내 들었을 것이다. 그리고 그날의 기억을 적기 시작했다.

심훈이 전람회장에 어떻게 갔는지는 알 수 없다. 혼자 멋대로 생각해보건대 아마 안석주와 함께였지 않을까 싶다. 안석주는 당시 화가이자 비평가로 활발하게 활동했고, 심훈과 영화 작업을 함께 하기도 했다. 영화에 관심이 있었던 두 사람은 이전에 연극부를 함께 하기도 했다. 안석주 역시 8회 조선미술전람회를 보고 비평문을 발표한다. 심훈과 다른 점이 있다면 안석주는 전람회가 열리던 9월, 신문을 통해 글을 발표했고, 심훈은 11월이 되어서야 한 달에 한 번 발간되는 잡지에 글을 발표했다는 점이다. 글을 발표한 시점으로 봤을 때, 안석주의 글을 심훈이 참고했을 것이라 짐작할 수 있다. 실제로 심훈의 글에는 안석주가 언급되기도 한다. 이전까지 공식적으로 미술비평 활동의 기록이 없는 심훈이니까, 아마 안석주를 통해 전시장을 찾지 않았을까 생각해본다.

전람회장을 분주하게 누비는 안석주와 달리 심훈은 몇몇 작품 앞에 오래도록 서 있었다. 최대한 많은 작가를 언급했던 안석주와 달리 심훈의 글에는 몇몇의 작가만 언급될 뿐이었다. 그도 그럴것이 안석주는 전시와 거의 동시에 글을 발표하며 최대한 많은 이를 언급해야 했다. 신문의 특성상 불특정 다수의 독자를 대상으로 한 화가의 비평이었기 때문이었다. 화가로서 함께 활동하는 화가들의 그림을 소개하고 작품 자체에 대한 평을 남기고자 했던 안석주의 책임감이었을 것이다. 반면에 심훈이 글을 발표한 잡지는 신문에 비해 독자의 범위가 한정적이었고, 두 달 여의 시간이 흐른 뒤였기에 많은 작품을 소개할 수도 없었다. 그러니까 심훈은 몇몇 작품에서 느낀 자신의 기분에 충실할 수 있었던 것이다. 직업에 따른 시각의 차이로 두 사람이 작품을 보며 느꼈을 감정도 다를 수밖에 없었다.

심훈은 서부(글씨)와 동양화실, 그리고 서양화실 순서로 전시장을 걸었다. 전시장에는 특선을 받은 작품도 있고, 이전부터 유명세를 타던 작가의 작품도 있었다. 하지만 그의 눈길을 사로잡은 작품들은 따로 있었다. 글씨에서는 김돈희, 동양화에서는 노수현, 서양화에서는 김주경의 작품이 그러했다. 글씨와 동양화, 그리고 서양화라는 전혀 다른 장르의 작품들이었지만 원시적인 자연 그대로의 모습을 드러냈다는 공통점을 가지고 있었다. 지나친 기교 없이 담백하게 그려낸 김돈희의 글씨에서 '진眞'의 감정을 느낀 심훈은 작품 속에서 느껴지는 진실함이 무엇인가에 집중한다. 발길을 옮겨 동양화실로 간 그는 노수현의 작품의 앞에 서 밀레의 〈만종〉을 떠올리기도 했다. 오히려 밀레의 의식적 신앙보다도 자연 그대로를 그린 노수현의 작품에서 더 근본적인 자연의 종교와 시를 읽어내기도 한다.

그중에서도 심훈의 눈길을 가장 강하게 사로잡은 것은 서양화가 김주경의 〈낙양落陽〉이었다. 작품이 남아 있지 않아서 모르지만, 심훈의 묘사를 보면 붉은 해가 산 너머로 넘어가는 풍경을 담아내고 있을 것이라 짐작할 수 있다. 그림을 그린 작가가 오지호와 함께 근대 인상파 작가로 활동했던 김주경이라는 점을 곱씹으며, 어떤 모습을 한 작품일지 상상해본다.

당해 김주경의 〈북악을 등진 풍경〉은 특선을 받았다. 그래서 다른 매체에서는 〈북악을 등진 풍경〉을 자주 언급했다. 하지만 심훈은 그 작품보다는, 붉게 타올랐다 스러지는 태양에 마음을 빼앗긴다.

그는 그 태양에서 젊음을 모두 바치고 활활 타오르는 '의욕意欲하는 자'를 떠올린다. 그는 자신의 운명을 개척하고, 나아가는 자이다. 이미 니체를 언급하고 있는 바 위버멘쉬Übermensch를 떠올리고 있음이 분명하다.

심훈의 서사 작품에는 '의욕하는 자'로서 운명을 개척하는 인물들이 등장한다. 이들은 자신에게 주어진 운명을 극복하고, 앞으로 나아가는 자가 되고자 한다. 김주경의 〈낙양〉에서 '용사의 죽음'을 떠올리는 것도 같은 의미에서 해석할 수 있다. 한때 누구보다 붉게 타올랐을 태양이 저무는 것에서, 그는 다시 한 번 자신이 지향해야 할 예술의 세계를 다짐한다. 심훈은 글의 대부분을 자신의 감상으로 채운다. 그림의 기술적인 면모나 전람회에 대한 평으로 지면을 채우는 화가들과는 분명 다른 지점이 있었다. 그리고 그는 이런 것이 자신의 상상력에 의한 것이라는 말을 한다.

> 물론 이상의 것은 작품에 대한 내 감수력感受力, 상상력에 의한 것이다. 그럼으로 작가 자신이 반드시 그것을 의식하고 있는 것이라고 할 수는 없다. 나는 작자가 의식하지 못한 것이라도 내 감각과 연상 작용에 의하여 얼마든지 작품을 통하여 찾아서 보고 싶다. 실로 그것은 내 자유다.

그림을 보며 자신의 이야기를 떠올리는 심훈은 작품을 통해 자기 자신을 들여다보고자 했던 것이다. 그것은 감상자의 자유다. 작품에서 자신의 감각을 일깨운다. 그림 속에서 자신의 이야기를 들여다보는 것, 그것이 바로 우리가 그림을 보는 이유가 되지 않을까.

5. 전시장을 나오며

전시장을 향해 걷는다. 오늘도 내 유디트를 만나기 위해 전시장 안으로 들어선다. 전시장이 주는 아득한 기분, 그리고 그림 앞에서 만나는 깊은 내면 속의 나.

사실 지금까지 그림을 왜 보는지, 전시장엔 왜 찾는지에 관한 이유를 찾으려고 애썼지만, 이 모든 이유가 무색하게, 전시장을 향하는 내 발걸음의 이유는 간단하다. 그냥 좋다. 좋다는 것 말고 별 다른 이유가 있을까?

전시장을 나오는 길은, 또 다른 의미로 발걸음이 가볍다. 아이러니하게도 전시장을 찾는 길은 즐겁지만 전시장을 나오는 길도 즐겁다. 이광수가 문부성전람회장을 둘러보고 난 뒤에 피로감을 느껴 찻집을 찾을 수밖에 없었던 이유도 공감이 된다.

그래서 전시장을 나올 즈음의 나는 매번 피로함에 시달린다. 물론 차 한 잔이면 금방 해소될 피로감이긴 하지만 말이다. 약간의 설렘,

약간의 긴장, 약간의 피로. 이 모든 것은 전시장을 찾는 길도, 그리고 나가는 길도 즐겁게 만든다. 한 순간 내 눈앞에 나타났다 사라지는 내 유토피아, 헤테로토피아.

걷는다.
본다.
그리고 쓴다.

그림을 보고 온 날이면 짧은 기록을 남긴다. 내 걸음이 찾은 전시장과 그 전시장에서 본 것들, 그리고 마주한 내 모습을 기록한다. 아름다운 문장을 남기려는 목적은 아니다. 그럴 재간도 없지만. 그림을 마주하는 일은 결국 나를 들여다보는 일이 된다. 내 삶은 내가 누군지를 들여다보는 길 위에 지속되는 것이 아닐까. 나를 사로잡은 그림과 그 그림을 안고 있는 전시장 안에서 나는 내 유토피아를 만나고, 다시 현실로 돌아온다. 사라져버릴 내 유토피아를 글로 적는다.

당신의 걸음에도 그림이 깃들길 바라며.

쓰다   조다희

시를 손에 쥐고, 여름을 걷다

1. 여름을 향해 나서기

마침내 여름을 보내고 쓴 시가 여기 한 편 있다. '가을날'은 지금 고독한 자 오래 고독하고, 잠들지 않고, 읽고, 긴 편지를 쓰거나 불안스레 이리저리 가로수 길을 헤맬 거라 예감한다. 여름의 끝자락에 선 릴케Rainer Maria Rilke의 시다. 바람과 이틀의 햇볕을 더 꿈꾸는 노래는 여름의 기운이 채 가시지 않은 들판을 떠올리게 한다. 외로움으로 홀연히 향하는 여정은 읽을 때마다 낯설다. 아마도 "지금 집이 없는 사람은 이제 집을 짓지 않는다."는 행 때문이다. 모든 걸 훌훌 버리고, 불안을 한껏 안고 걷는 그 길은 과연 어떤 곳일까.

국내 소개된 여러 번역시 중 하나인 이 시선집(『릴케 시집』)은 릴케의 전기 작품 가운데 네 권의 시집에서 추려 만들어졌다. 앤솔로지 특성을 염두에 둘 필요가 있지만, 가장 먼저 읽게 되는 첫 시는 신중하게 선택됐을 것이다. 나는 '가을날'에서 눈을 때, 새삼 첫 장을 펼쳐봤다. 가을날에서 '집' 짓지 않는 방랑의 마음은 언제, 어디에서부터 시작된 걸까. 훗날 「첫 시집」을 회고할 때 어리고 유약했다는 릴케의 고백이 무색하게 나는 이 시에서 어떤 선명한 눈빛이 느껴진다. 릴케는 '오래된 집 안에서' 웅크려 바깥을 보고 세상의 소리를 가만히 듣는다.

방에 관해 끄적여 쓴 부끄러운 시가 있다. 10년 전 여름 즈음이다. 릴케가 예감한 불확신과 고독의 뜻을 이해할 리 만무하고, 시작부터 '지금 외로운 자 / 오래도록 고독할 것이다'는 시구를 인용하고 있다. 마지막은 두 행에 걸쳐 '모든 것을 말할 수 없음에야 / 시는 시답고 릴케는 벌판 위 평화롭다'고 썼다. 다시 제목을 보니 '방'이다. 10년 전 낮에도 어두웠던 방안에 틀어박혀 썼던 게 분명하다. 난 왜 '방'이란 제목을 달고 '릴케'를 데리고 왔을까. 아마 그때 본 영화의 영향이 컸을 테다. 우울과 절망으로 하루하루 사는 주인공이 아침에 일어나 침대에 걸터앉아 있을 때, 무심코 지역 방송국 라디오에서 내레이션으로 흐르던 시가 바로 릴케였기 때문이다. 그 무기력한 공간으로 파고든 '가을날'의 고작 몇 행은 영화 타이틀의 일부처럼 앞으로 거대하게 펼쳐질 시네도키synecdoche(제유법)의 암시였을 수도 있다. 나는 왜 기꺼이 방황을 자처하는 릴케가 평화롭다고 생각했을까. 잘 알지도 못하면서.

이 글은 '잘 알지도 못하면서', 그저 무구하고 막연했던 내 믿음을 명확한 믿음으로 만들기 위해 쓴다. 그러기 위해서는 릴케가 '황혼 녘이 소리를 죽이며 살금살금' 지나가는 소리를 들으며 누군가 무엇이라 말하고 있다(릴케는 그 소리가 기도라고 추정한다!)는 어떤 감으로부터, 그저 세상은 이러이러할 것이라는 불확신으로부터, 방 안을 둘러싼 온갖 두려움으로부터 나와야 한다. 그것은 온몸을 다해야 이뤄진다. 더 정확히 말해 두 다리와 두 팔을 이끌고, 어두운 방으로부터 문 열고 나오는 것으로, 건강한 신체를 믿고 의지해 발 딛는 진짜 움직임으로부터 시작한다. 이것이 바로 기억에 기억을 이끌며, 하루도 쉬지 않고, 365일을 훌쩍 채워 넘은 존엄한 걷기 행위가 시작된 이유다.

*

> 여름 오후, 여름 오후
> 이 단어는 내게 있어서 언제나 영어라는
> 언어에서 가장 아름다운 두 단어다.
> — 헨리 제임스Henry James

건강한 심신으로 세계를 무한히 걸었던 건 스물아홉, 첫 미국 여행 덕분이었다. 돌아와 다시 한동안 어두운 방에 살긴 했지만, 나는 그때부터 커튼 사이로 스미는 빛을 통해 여름들을 떠올렸다. 캘리포니아 페리 선상에서 맞던 바람의 냄새부터 분수대 물줄기조차 뜨겁던 텍사스의 열기까지. 여름의 기운이 피부를 스칠 때마다 내 기억은 선명해졌다. 언제부턴가 내리쬐는 햇살을 동경하게 되고, 가장 뜨거운 햇볕과 친해졌으며, 무더운 여름을 사랑하는 법을 알게 됐다. 가장 더운 시간이자 여름을 여름답게 만드는 때가 바로 '여름 오후'임을 배운 것도 그즈음이다.

과거 내가 느끼고 기억하는 여름의 오후는 늘어지는 살결, 냄새나고 습한 열기다. 강한 볕에 주름은 더욱 선명해지고, 나는 거리에 구부정하게 선 노인들을 응시한다. 그들은 무더위 속에서도 맹렬하고 단단하게 서 있다. 푹푹 익어가는 건 뛰노는 아이들이다. 노인들은 버틴다. 그들은 강하고 매섭다. 기구 몇 개가 있는 작은 아파트 공터, 백발의 여인이 스텝퍼에 올라 두 발을 구른다. 종아리의 미세한 근육을 봤다. 연약한 몸짓에 풀썩 주저 앉을 것 같지만 여인은 끄덕없다. 흰 머리카락이 구름을 따라 춤춘다. 집에 돌아오면 여름에도 여름을 알지 못했던 방 속의 기억뿐이다. 영국 시인 뮤^{Charlotte Mew}가 떠올렸던 '파리의 그 방, 제네바의 그 방, / 해초 냄새 나는 그 작고 습한 방… / 좋든 나쁘든 무언가 죽은 그 방들'(「방」, 『슬픔에게 언어를 주자』, 104쪽)처럼, 아픈 방에 아픈 방을 찾아다니는 몸처럼, 어둠 속 오래전 살았던 거뭇한 털의 작은 개가 온종일 주인을 기다리며 짖지 않았던 것처럼 검은 방에 살던 검은 눈망울 같은 기억들

만이 있다. 그런 날들 동안 여름의 오후는 나를 여러 번 스치고 지나
갔다.

한편 작가들의 삶에서 '여름 오후'는 또 다른 풍경이다. 올리버^{Mary Oliver}는 「집」(『완벽한 날들』, 137쪽)이라는 짧은 글에서 날마다 풍경 속을 걷고, 내면의 감정들과 교감한다고 고백한 바 있다. 그곳이 '늘 똑같은 들판, 숲, 창백한 해변, 바닷가' 그 어디라도 개의치 않고, "여름 오후"의 풍광들을, 그 계절이 어김없이 되풀이되는 것을 가만히 지켜본다. 리틀 홀랜드하우스에서 어머니를 추억하는 울프^{Virginia Woolf} 역시 그곳이 바로 어머니의 "여름날 오후의 세계"임을 깨닫지 않았는가. 그 풍경 속에 어머니를 그리고 상상하는 울프는 "어느 여름날 오후의 그림들을 엮어내"(『존재의 순간들』, 115쪽)느라 분주하다. 뒤라스^{Marguerite Duras}가 '로슈누아르의 여인들'로 칭한 나이 든 여자들은 "매일, 여름 내내 매일 오후"(『물질적 삶』, 15쪽) 함께 모여 이야기를 나눈다. 전장의 잔해, 40년간의 중부 유럽, 삶과 사건들에 대해 그들은 낮의 열기가 가시고 시원할 때까지 얘기한다. 헝가리 시인 요제프^{Attila Jozsef}의 '여름의 오후'란 시속에서 화자는 "나는 잠들었는지 / 글을 쓰고 있는지" 알 수 없는 이 순간을 "따뜻한 웅덩이에 / 고인 시간"으로 표현한다.(『일곱 번째 사람』, 45~46쪽) 플라스^{Sylvia Plath}의 「여름날의 노래」(『실비아 플라스 시 전집』, 53쪽)에선 그들은 함께 이야기하며, 일요일의 감미로운 공기 속을 한없이 걷는다. "(태양이 준 멍든 상처에서 벗어나) 저녁 안개가 피어오를

때까지" 걷는 걸 보면, 그 일요일은 분명 여름 오후였음을 직감할 수 있다. 1974년 벤더스[Wim Wenders]의 영화 〈도시의 앨리스〉에서 가장 아름다운 장면도 빼놓고 싶지 않다. '한 작은 소년이 살았는데 길을 잃어버렸단다. 엄마와 함께 숲속을 걸었어. 아름다운 여름날 오후였지.' 도시의 소음에도 주인공이 앨리스에게 들려주는 즉흥적인 이야기가 있다. 단지 '여름 오후'라는 배경이 숲을 비밀스럽게 만든다. 그 이야기가 빛날 수 있는 건 소년이 수풀에서 고슴도치를 만나고, 개울가에서 물고기를 만나는 동안 한없이 내내 걷고 걷기 때문이다.

*

정말이지 우리는
시인들에게로 시선을 돌려야 한다.
— 버지니아 울프[Virginia Woolf]

결핵흔은 언제부터 내 몸에서 나와 같이 산 걸까. 엑스레이에 선명하게 남은 그 흉터 자욱은 다름 아닌 '나'란 주체, 내 몸과 마음을 사랑하고 다스리지 못해 생긴 결과다. 그것은 전혀 유감스럽거나 애석하지 않다. 뼈저린 반성을 남기고 내가 걷게 된 이유 중의 하나다. 리프[David Rieff]는 어머니 손택[Susan Sontag]의 『은유로서의 질병』에 대해 '건강한 자의 왕국에서 병든 자의 왕국으로 건너가는 여행을 이야기'한다고 표현한다. (『어머니의 죽음』, 52~53쪽) 나는 손택의 입장처럼 '질병'을 끊임없이 객관화하려 하지만, 때론 상처 속의 '건설적'인 게 무엇이냐고 묻는 어떤 질문 앞에선 다소 망설여진다. 제이미슨^{Leslie Jamison}은 그의 에세이 『공감 연습^{The Empathy Exams}』(310쪽)에서 "상처는 진실성과 심오함, 아름다움과 유일성, 바람직함을 약속"한다고 썼다. 그리고 이러한 거름이 곧 글을 쓰는 원동력, 즉 '빛'이라고 말한다. 내가 멈추고 다시 보는 표현은 진실이나 아름다움이 아닌 '바람직함'에 있다. 그것이 '이야기로 가득한 흉터'라면 나는 바람직함으로 닿고자 한다. 걷기가 얼마나 근면함을 요하는지, 얼마나 단단한 마음을 가지고 있어야 하는지 나는 다시 책장을 펼치며 걷는 사람들을 '읽는다'.

1966년 7월 23일 손택은 자신의 일기에서 길을 걷는 다른 사람들을 지켜보며 "여름이 시작된 후로 잘 살고 있다는 느낌을 처음 받은 순간"이라고 썼다.(『의식은 육체의 굴레에 묶여』-수전 손택의 일기와 노트, 252쪽) 한여름의 거리 속으로 나를 훌쩍 던지고야 말 때, 집 앞 작은 천에서 청계천 초입으로 이어지는 산책로를 따라 마냥 걸을 때, 나는 몸을 움직이는 행동 너머 어떤 정신적 이상에 합류하는 기분이다. 사람들을 본다. 부지런히 걷는 사람들, 여유롭게 달리고, 다시 걸음을 재촉하는 사람들. 저마다 다르지만 그 움직임 속엔 성실한 리듬이 있다. 마구잡이로 준비 없이 걸어선 안 된다. '걷기'에는 다분한 '생각의 준비 운동' 같은 것이 필요하다. 과거 여러 번 실패를 거듭했기에 나는 걷기라는 수련을 더 정확하고 투명하게 맞이하려고 한다.

다시 손택의 일기를 본다. 64년 8월 6일의 일기는 "어떤 감정, 어떤 인상을 '말'해 버리면 작아져 버리고 사라져 버린다"(『의식은 육체의 굴레에 묶여』-수전 손택의 일기와 노트, 21쪽)고 쓰여 있다. 그 한없이 작고 사라지려 하는 것들을 붙잡기 위해 기억을 찾아가는 일은 내게 중요한 여정이 되었다. 나와는 어울리지 않을 거라고 생각했던 산책자의 옷을 입은 이유다. 휘트먼Walt Whitman은 그의 시 「시간에 대해 생각하기TO Think Of Time」(『풀잎』, 180쪽)에서 즐겁게 맞추어 걷고, 자신이 어디를 향해 걷고 있는지 분명히 정의 내릴 순 없지만 "그것이 좋다는 것을 안다but I know it is good."고 고백한다. 계절과 사람들, 바람과 풍광들 속에서 그가 내린 선명한 '앎'은 무한히 떠다니는 리듬을 움켜쥐는 순간 같다. 프랑스 작가 아가친스키Sylviane Agacinski는 "시간이 흘러가도록 내버려 두고, 시간을 재지 않고 소모해버리며, 시간을 허비하는 법을 배울 준비가 되어 있어야 한다."고 하지 않았는가.(『기다리는 사람은 누구나 시인이 된다』, 슈와이저Harold Schweizer, 148쪽에서 재인용) 이런 문장 앞에선 산책에 아낌없이 시간을 써버린 나날들이 전혀 아깝지 않다.

비록 짧은 여정에 또 벌써 8년도 더 된 여행이었지만, 기억은 왜 짙어지는 걸까. 내가 갔던 흔적들이 아이폰 사진 속에 실시간 자동으로 맵핑되어 있어서? 불면에 시달리다 잠든 어느 밤 하필 꿈을 꿔서? 내가 꾹꾹 밟아 갔던 곳에 이제 살지 않는 사람들, 연락이 닿지 않는 사람들, 이제는 못 알아보게 큰 아이들, 아프고 늙어가는 누군가, 이미 죽고 없는 이, 내 친구였던 개 버디^{Buddy}까지. 잊어버리고, 또 잃어버리기에도 충분한 것들이다. 그러나 어느 여름 오후에 읽었던 긴스버그^{Allen Ginsberg} 또는 주커^{Rachel Zucker}의 행과 연은 왜 떠오르는 걸까. 눈을 감으면 어떤 여름이 시작된다.

2. 서부의 기억(Salem, OR.)
- 공원, 묘지, 교도소, 박물관, 해변, 세상의 모든 산책로

> 초록 잎사귀들과 메마른 잎들, 해안과, 어두운 바다 바위와,
> 헛간 속 건초의 냄새를 맡는 것,
> 내 목소리기 분출한 어휘들의 소리…
> 바람의 소용돌이들로 흩어지는 말들,
> — 월트 휘트먼Walt Whitman

쿠쿠, 쿠쿠.

데이브가 노래하듯 '쿠쿠'라고 반복했을 때 그제야 나는 창밖에서
눈길을 떼고 그를 돌아봤다. 장을 보고 돌아온 오후, 차는 이제 막
묘지를 지나 익숙한 근교로 진입했다. 귓속에서 '일리노어 릭비Eleanor
Rigby'가 여전히 웅웅거리고 있었다. 저 외로운 사람들을 봐! 저 고독
한 사람들을 봐! 비틀즈의 아우성이 묘지 위에서 전투 같은 리듬을
만들어내는 순간이다. 매켄지 신부가 묘지를 걸어 나가 흙을 닦고,
아무도 구원받지 못했다고 단언하는 부분은 절망적이기까지 하다.
어디서 오는지, 그리고 또 어디로 가는지 모를 의문투성이 속에서

외로운 사람들만이 존재한다. 퀸시Thomas de Quincey는 『어느 영국인 아편 중독자의 고백』(131쪽)에서 여름의 죽음이 특히 가슴 아프다고 표현한다. 20여년 후 속편 격인 『심연에서의 탄식』(『심연에서의 탄식/영국의 우편 마차』, 43쪽)에서 그 이유에 대해 "여름에 나타나는 생명의 열대적 과잉과 무덤의 어두컴컴한 불모성, … 우리는 여름을 보고 있으나 우리의 생각은 무덤 주위를 떠돈다."고 부연한다.

Lee Mission Cemetery. 지나친 묘지 이름을 다시 되뇌어본다. 태평양 북서부 어느 곳의 개척자이기도 했던 선교사의 두 번째 부인이 매장되면서 이 묘지는 설립되었다. 1838년 이후의 일들이다. 침엽수가 드리워진 부근은 탁 트인 덕분에 언뜻 공원처럼 보인다. 하지만 입구 쪽에 설치된 아치 형태의 오래된 철문과 안내판이 여기가 묘지임을 말해준다. 야생화와 들풀 사이로 선교사의 아내들과 어린 아이, 대장장이, 농장관리자, 다른 많은 가족을 포함해 3천여 개의 무덤들이 있다. 파이오니어Pioneer, 개척자들의 묘지라는 점에서 오레곤의 다채로운 풍광이 단번에 그려진다. 내가 본 깊은 호수와 산맥 그리고 바다, 저 멀리 황무지 같던 사막들.

데이브가 나를 향해 일부러 놀란 눈으로 다시 한 번 쿠쿠, 쿠쿠 노래하듯 장난기 어린 표정을 지었다. 순간 그의 어린아이 시절 얼굴 같은 게 스쳤다. 여섯 살 또는 일곱 살, 반바지를 입고 저만치 달아나는 아이. 햇빛과 먼지 아래 부슬거리는 갈색빛 머릿결. 풀숲을 뛰어가다 멈추고 돌아볼 때 나는 그 아이를 오래 바라본다. 소년은 이를 드러내고 웃다가 다시 고개를 돌리고 멀어진다. 그는 운전대에 주름진 손가락을 툭툭 두드리며 리듬을 타기 시작했다. 그 움직임은 느린 듯하면서도 정확하다. 그의 커다랗고 뭉툭한 손가락들. 잔디의 볕이 따가워 뒷마당 창고에 들어설 때 그 손가락을 활짝 들어 올려 반기곤 했지. 모든 소음이 멈추던 순간, 그의 손을 유심히 바라보면 어떤 선명함이 느껴진다.

정직하고 올바른 삶에 대해 가르쳐주세요.

나는 그가 학교에서 아이들을 가르쳤다는 사실을 자주 상기하고 즐거워한다. 정확하고 힘줘 말하는 목소리로 아이들의 눈을 한 명씩 바라보며 빛바랜 칠판 한가운데 세상의 언어를 써나갔겠지. 그가 가르쳐준 단어들을 떠올려본다. 산책길에 올랐을 때 손에 쥔 휴대폰에서 나오던 노래, 1955년 영화였다. 우리말 〈모정〉으로 번역되었지만, 원제는 이 노래 제목처럼 〈Love Is A Many-Splendored Thing〉이다. 가파른 언덕을 향해 오를수록 풀숲은 제멋대로 우거져 있었다. 짧은 반바지 아래로 날카로운 갈대에 할퀸 상처가 여기저기 남았다. 돌아와 이모가 건넨 바셀린을 바르고 누웠던 것까지 그날의 기억이 온전히 되살아난다.

데이브는 그 음악을 듣자마자 눈을 동그랗게 뜨고 환히 웃었다. 함께 노래 부를 때 그가 힘줘 반복한 "Splendored" 같은 발음들. 그 신비로운 글자들… 나는 칠판을 보는 학생처럼 그를 바라본다. 데이브가 이모를 묘사하는 표현 중에 "Exaggerated"란 형용사도 내가 좋아하는 말이다. 단어를 정확히 가르쳐주려고 여러 번 반복할 때 그 발음은 공을 굴리듯 한없이 미끄러진다. 이그잿쳐레이릿, 이그잿쳐레이릿, 데이브의 장난기 가득한 표정이 더해지면 그 단어는 정말 과장된 표현으로 살아 숨 쉰다. 이모를 '에이시언 데빌^{Asian devil}'이라고 놀리길 좋아했고 나와 맥주 마시는 초저녁을 즐거워했다. 일흔아홉 번째 맞는 그의 생일 케이크를 만들어 탁자 위에 올려뒀을 때 그의 눈가는 촉촉해지기도 했다. 그는 이모와 내 볼에 차례로 키스했다. 다정한 손길이었다.

어떤 꿈을 꿨다. 어디선가 커다란 손이 나를 향해 펼쳐진다면 이내 나는 투명한 사람이 될 것만 같다. 오래된 영화에서 본 진실의 입, 그 트리톤의 얼굴은 요즘 자주 떠오르는 이미지 중 하나다. 거대한 하수구 뚜껑이 진실을 가늠한다. 어렸을 때 본 괴물 같은 형상은 공포와 우스꽝스러움으로 버무려졌다. 그 구멍에 손이 잘리는 상상은 지겹도록 해봤다. 어젯밤 데이브의 큰 손이 감싸 쥐던 투명한 와인 잔, 그 너머로 슬슬 붉어지던 내 취한 볼을 바라봤겠지. 내가 웅얼거리던 진실을 알아차렸을까. 아침에 소파에서 홀로 깼을 때 그는 이미 산책하러 나간 후였다. 한동안 깊은 아침을 바라다봤다. 이모의 스윙머신이 가동하는 소리가 느껴졌을 때야 천천히 몸을 일으켰다.

One Flew Over The Cuckoo's Nest.

그는 여전히 웃고 있다. 쿠쿠, 쿠쿠. 다른 생각에 빠져 있어도 그는
너그럽게 날 기다리는 듯하다. 나는 다시 한 번 그 단어를 곰곰이 생
각했다. 이내 그가 〈뻐꾸기 둥지 위로 날아간 새〉 영화를 설명하고
있었단 걸 알아차렸다. 그는 한껏 여유로운 포즈로 핸들을 돌리고
있었다. 정말요? 어제도 갔던 거기 말인가요? 나는 놀란 표정을 지
으며 물었다. 그가 어깨를 으쓱해 보였다.

더러운 창문
백발의 키 큰 노인의 뒷모습
카펫
어두운 꽃
줄지어 선 묘지
그림자와 빛
방
마른 나무
박제
잘 차려진 식탁
뽐내기

수시로 글감 같은 것들을 하나씩 쌓아 올렸다. 먼 데가 아닌 가까운

것들에서, 내가 어제 보고, 오늘 잊지 않으려고 했던 것에서, 내일 닿고자 했던 풍광을 기어이 보고 난 그 모두에서. 시를 읽는 걸 너머 시를 쓰는 걸 생각할 때마다 나는 랩^{Lawrence Raab}의 시를 떠올린다. 시인은 어떤 순간이 도래하면 "언젠가 준비했던 것을 기억"해낼 것이라 말하지 않았는가. 그리고 담담히 "책상으로 돌아가"/ "시를 쓸 것"이라고 고백한다. 하지만 이 시가 제목처럼 '위대한 시'가 될 수 있는 연유는 곧바로 이어지는 다음 행이다. "내가 다른 사람이듯이, 다시는 되지 못할 누군가이듯이" '시'로 하여금 나는 '시인'이라는 다른 사람이 될 수 있다. 솔닛^{Rebecca Solnit}은 시 한 편을 짓는 일이 의자 하나를 만드는 일과 비슷하다고 했다. 그의 표현에 의하면 '의자, 집, 폭탄, 책, 피, 황금을 만드는 행위'와 시를 쓰는 일은 나란히 있다.(『멀고도 가까운』, 111쪽) 시 역시 의자처럼 실제적이고, 가끔은 의자보다 더 유용하다는 말은 시작^{詩作}의 행위를 더욱 가치 있고 아름답게 만든다. 커밍스^{E. E.Cummings} 또한 그의 시집 『Is 5』 서문에서 시인은 "무슨 일이든 쉽게 해내는 사람"이라고 하지 않았는가. 이어 등장한 "만들기에 사로잡힌 사람"(『이것은 시를 위한 강의가 아니다』, 97쪽)이라는 표현 역시 너무나 근사하다.

나는 이제 막 다섯 번째의 말, '줄지어 선 묘지'에 대해 생각하느라 데이브의 열띤 설명이 귀에 잘 들어오지 않던 터였다. 하지만 니콜슨^{Jack Nicholson}의 영화라는 걸 알고 재빠르게 현실에 적응하였고, 또 적잖이 놀랐다. 나인틴세븐티파이브. 그가 힘줘 말했다. 1975년에 만들어진 작품이지만 나는 어느 90년대 밤 토요명화에서 처음 본 것 같다. 또 비슷한 꿈을 깨고 나와 컴컴한 방을 나서면 거실에서 웅웅거리던 소리. 흰옷을 입은 남자들, 흰옷을 입은 여자들. 이른 저녁 식사를 마치면(우리는 항상 차가운 맥주를 곁들었다) 데이브는 차고에서 음악을 켜고 우리를 기다렸다. 조수석엔 내가 탔고, 넉넉한 뒷좌석은 데이브의 반려견인 버디의 차지였다. 새빨간 트럭은 동네를 훑고 한산한 공원을 지났다. 여전히 날이 밝은 여름 저녁, 당연한 코스처럼 셋이 함께 산책한 지 보름이 넘었다. 앵글우드공원에서 쓰다만 시를 꺼낸 밤을 포함해서.

앵글우드공원 Englewood Park

나무 그늘이 그물처럼 떨어지던
여름 오후
여기는 말하지 않아도

세 시를 넘긴
바람이 어깨 위 불면 반대편으로부터
나는 미아가 되어 걸어온다

바위에 걸터앉아 여태껏 기다렸지
더위를 모르고 지나치던 걸음

북빈서점에서 샀던

값싼 이방의 고독 몇 줄이나 흥얼거릴까

차라리 우주를 헤매던 긴스버그처럼

길게 노래한다면

지나치자마자 멀어진

나는 속삭일 텐데

이만큼 쌓인 발걸음의 개수

나는 미로 한가운데 놓인다

미아가 더

미아일 수 있게

차에서 재빠르게 내린 버디는 구석구석 샅샅이 살펴 가며 냄새를 맡기 바빴다. 익숙한 공원 산책로에서 최근 코스를 바꾼 건 데이브의 제안이었다. 이모 집에서 도보로 1마일도 채 안 되는 이곳을 난 하루도 쉬지 않고 걸었다. 묘지를 지나면, 멀리 흰색의 교도소 건물도 보였다. 여성 전용 수감소라고 알고 있었는데, 구글맵으로 다시 찾아보니 내 기억이 틀렸다. 지금 향하는 박물관 인근엔 수정부, 교정국 따위의 명칭을 지닌 교도소가 세 곳이다. 박물관을 출발지로 Oregon Department of Corrections까지는 3분, Oregon State Penitentiary까지는 도보로 20분이 걸린다. 정작 여성 수감소는 차로 30여분을 이동해야 하는 윌슨빌^{Wilsonville} 마을에 있었다. 오레곤의 교도소는 총 14개. 주거지가 멀지 않은 곳에 교도소, 묘지, 박물관 등이 어우러져 있지만, 이상할 것 없이 관대하고 조화롭다. 항상 지나치기만 했던 붉은 건물 안으로 들어가자마자 쿰쿰한 냄새가 났다. 안내된 내용을 몇 줄 읽었다. 미리 구글에서 내용을 찾아보지 않은 게 다행이라고 생각했다.

… 오레곤 주립 정신병원은 1883년 문을 연 이후 정신 질환을 앓는 환자들을 수용했다. 2012년부터 정신건강박물관으로 개장하여 병원의 오래된 자료를 일부 공개하고 있다….

비가 퍼붓는 날이었다. 이모는 분위기가 으스스하다며 빨리 그곳을 나가자고 했지만, 나와 데이브는 겁많은 이모의 뒷모습을 보며 동시에 히죽 웃었다. 큐레이터나 관리인일지도 모를 중년 여성이 책장에서 두꺼운 카탈로그를 꺼내 설명했지만 나는 절반도 채 이해하지 못했다. 대신 고개를 끄덕이는 데이브의 표정을 바라봤다. 그는 호기심 많은 소년처럼 이것저것 물었다. 실제 영화의 촬영지로 쓰였던 공간 내부를 혼자 돌아다녔다. 벽걸이 선반 위 작은 텔레비전에서 영화의 장면이 계속 반복해 나왔다. 이모는 이미 입구 쪽에서 우리를 기다리고 있었다. 이모에겐 미안하지만 입장료를 낸 이상 여기더 머물고 싶었다. 그만큼 여기가 좋아졌다. 차창 밖으로 여전히 세찬 빗방울이 떨어지고 있었다. 집에 오는 길에 이모는 이런 으스스한 곳에 뭐 둘이 오래 있었냐며 핀잔을 줬다. 다소 과장되고 어린애 같던 몸짓에 이모부가 돌아서며 내게 윙크했다. 나도 따라 웃었다.

차가 출발할 때 성조기가 나부끼는 건물 외부를 사진으로 찍어뒀다. 붉은 벽돌은 바람에 더 단단했다. 빠르게 지나가는 햇빛에 그림자가 진 외벽과 그렇지 않은 창가 쪽의 경계가 뚜렷했다. 흐린 하늘이 개고 있었다. 우리는 테라스가 있는 야외 카페에서 커피를 마셨다. 이모의 표정도 한결 나아졌다.

그날 밤 구글링으로 밀드레드 간호사 역할을 했던 배우 플레처^{Louise} ^{Fletcher}를 찾아봤고 아직 살아 있다는 걸 확인했다. 이상하게 안도했다. 유튜브로 76년 오스카 수상 영상까지 봤는데, 마지막엔 청각 장애인인 엄마에게 수화로 감사의 인사를 전하기까지 했다. 다정한 손짓이었다.

*

지금부터는
모든 것이 남는 것이다
저 하늘까지도
— 고바야시 잇사少林一茶

이튿날 우린 야핫츠Yachats 해변으로 갔다. 이곳에 온 지 한 달도 되지 않았는데, 벌써 두 번째 방문이다. 야핫츠, 부쩍 친근한 곳이 된 것 같다. 데이브의 빨간 차는 며칠 간의 풍족한 식량(아이스백 안에 터질 듯이 담긴 갓 딴 라즈베리와 싱싱한 과일을 포함해서)과 뒷좌석에 얌전히 앉아 코를 킁킁거리는 버디를 태우고 달렸다. 웃고 떠드는 사이 잠들다 깨고 보면 끝없는 도로 한가운데에 있었다. 스피커에서 오래된 한국 뽕짝이 흐르기도 했다. 지난번 소파에 두고 온 추리소설부터 마저 읽어야겠다고 생각하는 순간 이모가 어깨를 들썩이며 노래를 흥얼거리기 시작했다. 멀리 해안가가 보였다. 그곳엔 이모부의 오래된 별장이 있었고 여름 내내 본격적으로 마루 공사가 이뤄질 참이었다. 한국에서 가장 기대했던 건 바로 이 공사였다. 나는 그 일에 동참할 수 있다는 사실이 어떤 여정보다 더 설렜다. 어느 먼 훗날, 그들의 마지막 휴식 같은 공간이 될 수도 있다는 별장, 그곳의 일부를 부수고 다시 단장하는 일.

네 이모부는 이 공사에 가장 애쓰고 있단다.

데이브는 마루 아래쪽에서 막내아들인 클립튼과 함께 마른 가지를 자르고 있었다. 그가 허리를 펴 높은 곳의 가지를 뗄 때, 동작은 다소 느렸지만 한치의 망설임도 없는 정확하고 유연한 손길이 느껴졌다. 그는 건강을 위해 부단히 운동하고 산책했다. 그 노력은 이모를 위한 것이기도 했다. 물론 크게 아픈 적도 여러 번 있었다. 이모는 그

때마다 정성을 다해 그의 곁을 지켰다. 이제 감기 같은 건 한국 음식으로 거뜬해. 이모는 확신에 찬 표정이었다. 그의 잔병이 조금씩 줄어들고 있었다. 이모부는 이모에게 다가와 소년처럼 볼을 비볐다. 데이브는 어떤 사람일까. 지도의 여러 주를 본다. 그가 나고 자란 켄터키Kentucky, 대학 시절의 인디애나Indiana, 육군 생활을 했던 미주리Missouri, 교사로 지낸 캘리포니아California, 은퇴 후 지금까지 살아온 오레곤Oregon까지… 플레즌트 힐Pleasant Hill, 유진Eugene, 그리고 현재의 세일럼Salem은 오레곤의 친근한 동네들이다. 그리고 여기, 별장이 있는 야핫츠를 더하면 하나의 노래가 만들어지는 느낌이다. 해변가 바람 위로 그가 눈을 반짝이며 말한 하이쿠 한 줄이 들려오는 듯하다.

어젯밤은 유독 잠이 오지 않았다. 밤이 되면 이곳이 해변가라는 게 온몸으로 전해진다. 모두 깊은 잠에 들어 조용하지만, 자연만은 한껏 소란스럽다. 그 존재를 증명하는 방식을 생각하고 있으면 내 몸까지 들뜬다. 어두운 나무가 흔들릴 때면 어린 울프가 기억하는 1897년이 종종 떠오른다. 이복자매였던 스텔라가 죽은 그 해, 울프가 요약하는 배경의 기억들은 나무로부터 시작하기 때문이다. "나는 언제나 여름밤 어둠 속에 서 있던, 잎이 다 떨어진 그 나무를, 가지만 앙상하던 그 나무를 본다. 그림 같은, 가지 많은 그 나무는 정원이 딸린 집의 밖에 서 있다"(『존재의 순간들』, 211쪽) 밤에 혼자 앉아 그림을 그리듯 묘사하는 한 소녀에게 그 나무는 "그 여름 몇 개월의 표상이고 상징"이다.

오후엔 야핫츠 해변이 시끌벅적했다. 독립기념일을 이틀 앞두기도 했지만, 며칠 전 누군가 낙상사고로 죽었다고 했다. 여름철이면 특히 자주 있는 일이었다. 빠르게 파도가 삼키고 간 죽음. 가족과 몇몇 여행객이 작은 추모식을 연다고 했다. 나는 읽고 있던 책을 덮고 나가기로 마음 먹었다. 컴컴한 수풀에서 나는 바람 소리를 헤치고 바닷가로 향했다. '너무 울어 / 텅 비어버렸는가, / 이 매미 허물은' 데이브가 들려준 하이쿠는 바쇼나 잇사의 것들이었다. cicada, 시케이다. 오레곤에서 거닌 호수나 폭포 중에 들었던 곤충의 울음소리를 기억한다. 실버폴스주립공원Silver Falls State Park에 있던 드레이크폭포 근처 어딘가, 멀트노마폭포Multnomah Falls 다리 위, 한때 인디언 부족이 살았다는 사막 같던 포트 클래머스Fort Klamath 어딘가, 빙하가 서린 캐스케이드 산맥Cascade Range 아래 정착민의 이름을 딴 토드 호수Todd Lake 어딘가… 그때 데이브가 들려준 하이쿠가 바로 매미에 대한 노래이기도 했다.

야핫츠는 오레곤의 링컨 카운티에 있다. 인디언 소수 부족이라고 알려진 슬레츠Siletz 언어에 유래한 어원은 "산기슭의 어두운 물"이다. 유독 컴컴한 동굴이 많았던 기억이 난다. 둥그런 그곳에 가까이 다가가 보면 잘 지어진 '동굴'이라기보다 가시덤불 같은 것들이 잔뜩 얼기설기 우거져 있었다. 그 밑을 통과하면 빗물이 머리 위로 뚝뚝 떨어지기도 했다. 순간의 어둠 속을 벗어나면 바위를 한껏 삼키고 또다시 부서지는 파도가 보였다. 미국에서 본 풍경 중 인상 깊었

던 것은 벤치마다 새겨진 짧은 글귀들이었다. '메모리엄 벤치'라고
했다. 흔히 'In Loving Memory of'로 시작되는 문구에는 먼저 떠
난 가족, 친구, 지인 등에 대한 따뜻한 추억이 담겨 있다. 낡은 벤치
에는 어김없이 오래전 죽은 사람들이 있다. '1950~1999, 로라' 세
월과 바람에 칠이 벗겨져 숫자를 읽는데 다소 시간이 걸리기도 한
다. 그의 이름과 생몰년 아래로는 'Loving wife, mother, daughter
and friend'라고 적혀 있다. 그를 기억하는데 이토록 정확하고 진
실한 명명이 또 있을까. 특별하고 화려한 수사가 없기에 더 오래 눈
길을 끈다. 공공장소에 놓인 수많은 의자에 숨결을 새겨 놓는 순간
이다. 몇 걸음을 또 가니 'shining beauty forever cherished and
loved'란 문구 아랫줄엔 'PARI NIRVANA'와 같이 열반을 뜻하는
표현도 있다. 서부의 끝 해변에서 산스크리트어와 팔리어 그 무엇이
라도 애도의 속성은 변함이 없다. 특별한 애도의 장소에 가지 않아
도 일상 곳곳에서 만나는 그 짧은 시들은 공간을 뜻깊게 만든다.

*

어린 시절의 오후를 얼마나 더 기억하게 될까?
어떤 오후는 당신의 인생에서 절대 잊지 못할 날일 것이다.
— 폴 보울스Paul Bowles

어렸을 때 살던 집에는 한약방에서 볼법한 작고 빽빽한 서랍장이 있었다. 그것은 어머니의 보물창고 같은 것이었는데, 어느 서랍을 열든 그 속에는 미국에서 날아온 작은 녹음테이프들로 가득했다. 미국이라는 아득하고 머나먼 땅, 그것은 전부 어머니의 이모들로부터 온 것이었다. 마음 놓고 통화하기 어려웠던 시절, 80년대 후반부터 90년대 중후반까지 꼬박 한국에 있는 조카에게 목소리편지를 썼던 이모들. 테이프의 앞과 뒤 그곳의 변덕스러운 날씨, 새로 개발한 레시피, 당신들의 사소한 일과와 안부를 꼼꼼하게 전하는 다정한 목소리들로 가득했다. 테이프가 빙글빙글 돌아간다는 건 우리가 지구 저편에서 온전히 잘 살고 있다고 전하는 울림 그 자체였다. 이모들의 울고 웃는 목소리에 맞춰 나지막이 읊조리는 어머니는 외딴 섬처럼 보였다. 그때부터 막연히 이방에 대한 그리움을 품었던 것 같다. 이모 내가 꼭 갈게, 아이들이 더 크면 내가 꼭 갈게. 어머니는 꼭 그렇게 말하곤 했다.

이모와 데이브는 새벽녘 일어나 부지런한 아침을 맞이했다. 정원과 창고 각자의 고유한 공간에서 그들은 분주했다. 이모는 아침마다 자라나는 토마토 줄기, 담장을 훌쩍 넘어 목을 세운 해바라기, 갖가지 허브 등에 물을 주느라 바빴다. 여름엔 얘네들도 목마르다고 노래하잖니? 이모는 활력이 있을 때 우리와 함께했으며, 그렇지 않을 때는 뜨개질을 하거나 드라마를 보며 홀로 저녁을 즐겼다. 새벽부터 시작된 가드닝에 이모는 진이 빠져 보였다. 식용, 관상용 할 것 없이 정원에 뿌리 내린 식물들을 키우려면 상상할 수 없는 근면함이 필요했다. 이모는 그 일을 하루도 게을리하지 않았다. 오전엔 응접실 찬장을 함께 정리했다. 이모는 한눈에 보기에도 오래된, 돔으로 된 커다란 장식함에서 미니어처 술병을 잔뜩 건네주었다. 나는 신나서 그 작고 예쁜 병들을 한아름 품고 방으로 갔다. 그래야 리큐어 가게서 많이 쓸어 담지 않겠지? 이모가 나를 향해 웃었다. 데이브는 빛이 드는 창고에서 아주 천천히 움직이며 장비를 정리하곤 했다. 그곳에서도 아침잠이 많았던 난 느지막이 일어나 보온병에 가득 내린 프레스 커피를 두세 잔 연거푸 마시고, 정원 뒤쪽으로 향했다. 꼬리치는 버디와 정신없는 인사를 나눠야 하루가 시작된다. 데이브는 나를 위해 만든 우드로 된 숟가락과 포크 등을 건네주곤 했다. 정성들인 사포질이 느껴졌다. 거기엔 방금 쓴 내 이름도 있었다. 날이 매끄럽고 부드러워 나는 그것을 오래도록 매만졌다.

잊고 있던 기억은 한없이 낡고 빛바랜 지드^{Andre Gide}의 책으로부터 출발한다. 그것은 『지상의 양식』 1981년판 문고였다. 「욕망의 롱드」에 관한 글의 어느 페이지에서 발견된 에메랄드빛 책갈피에 "이 한 권의 책에 사랑하는 사람을 생각 키우는"이라는 글귀가 적혀 있었다. 나는 언제나 이 문장을 또렷이 기억한다. 퀴퀴한 책 속에 오래 살던 메모지 속 한 줄은 내게 지문처럼 박혔다. 슬픔이 서린 명랑한 필체는 익숙한 어머니의 글씨였다. '사랑은 오래 참고, 사랑은 온유하며…' 그 글씨를 보는 것만으로도 어디선가 어머니가 평소 읊던

고린도저서 13장이 들리는 듯했다. 작가 올리버-스미스^{Martha Oliver-Smith}는 "어머니의 목소리를, 어머니의 글 속에 생생히 살아 있고 강력하게 뿜어져 나오는 어머니의 수많은 목소리를 감당할 자신이 없었던 까닭"에 어머니의 글을 읽지 않으려고 했다.(『작가의 어머니 Writers and Their Mothers』, 살왁^{Dale Salwak} 엮음, 248쪽) 나는 고개를 끄덕이지만, 그의 마음이 선뜻 이해되지 않는다. 이 종이는 내가 우연히 찾은 걸까. 아니면 내게 필연적으로 찾아온 걸까. 어머니는 책 읽는 것을 아주 좋아했기 때문에, 책 곳곳에서 어머니의 사소한 메모, 책의 문구 등을 발견하기란 흔한 일이었다. 어렸을 때 처음 본 율리시스 책 사이, 옷장이나 지갑, 옷주머니, 화장대 위에서도 어머니의 메모 조각은 흔적 같은 것이었다. 그 필체들을 만들던 어머니의 악력, 가벼운 움직임, 펜촉들, 검은색과 파란색의 글자들. 어머니가 걸터앉았던 그 의자와 식탁, 그때 내가 본 '쓰는 어머니'의 분위기가 되살아난 듯하다. 하지만 여기에서 난 내가 알 수 없었던 방을 본다.

*

> 여름 밤은 마치 생각의 완성 같다.
> ─ 월리스 스티븐스^{Wallace Stevens}

그것은 어머니가 87년도에 미국으로 보낸 편지였다. 여전히 그 활자들을 기억해내기란 내게 고통스러운 작업이다. 나는 한 줄을 읽어내자마자 한 줄을 영원히 지우고 싶었다. 예상치 못하게 본 장문의 편지가 순간 나를 할퀸다. 늦은 밤, 어머니는 집으로 돌아간 이모에게 안부를 전하고 있었다. 출국 후 보름이 지난 듯하다. 이모를 향한 조카의 그리움은 크고 짙었다. 편지엔 이모가 선물한 작은 미니어처 향수 몇 개를 주변 사람들에게 나눠준 이야기, 이제 갓 잠든 두 아이 이야기, 긴 비행에 대한 염려가 담겨 있었다. 그리고 불과 하루 전에 알게 된 이야기가 시작된다. 바로 텍사스에 사는 작은이모의 이혼 소식이었다. 어머니는 더없이 속상하고 비통하다고 했다. 어머니는 내게 그런 얘기를 해준 적이 단 한 번도 없었다. 큰이모에 비해 조금은 무뚝뚝하고 차가웠던 작은이모의 아픈 기억을 나는 어머니의 오래된 편지에서 처음 알게 된 것이다. 어머니의 글자들 속엔 작은 이모를 향한 위로로 가득했다. '사랑했던 사람 사이가 어떻게 변하게 되는 것일까요?' 그리고 이 물음은 26년 후 내게 고스란히 전해지고 있었다.

숨 막히도록 무더웠던 텍사스에서 보낸 며칠이 스쳤다. 나는 이제 막 애틀랜타를 떠나 작은이모를 만나기 위해 댈러스공항^{DFW} International Airport에 내렸다. 애틀랜타의 요 며칠을 잊게 해주는 것이 사나운 더위라면 감내할 수 있을 것 같았다. 보태니컬 가든^{Dallas Arboretum} & Botanical Garden을 한없이 걸어야만 그 괴로움이 사그라든다면 얼마든지 걷고만 싶었다. 애틀랜타에서 기억나는 건 붉은 벽돌로 된 박물관, 습한 내부에 가득했던 영화와 관련된 상품들이었다. 벽마다 걸린 포스터들, 인형과 장식품은 보기에도 오래된 것들이었다. 나는 아무것도 사지 않고 먼저 나왔다. 누군가의 기도가 들렸다. 플레밍 Victor Fleming의 그 영화는 남부의 검은 화면, 검은 바람, 검은 안개 같은 것들을 지니고 있다. 나는 그 영화를 당분간 보지 않았다. 코카콜라 건물과 아쿠아리움. 작은 아파트 앞을 서성이던 고양이와 중국식 뷔페. 누군가의 기도. 그리고 말을 탄 세 명의 조각이 새겨진 스톤마운틴 Stone Mountain Park의 부조까지. 다시 또 누군가의 기도. 내내 피곤하고 힘들었던 나는 애틀랜타 여정을 가장 먼저 지웠다.

댈러스의 여름 날씨는 연일 40도가 넘었다. 해가 떨어질 생각이 없는 밤이었다. 차가운 물을 틀어도 미지근했다. 깊은 밤 자다 깨면 아이폰의 날씨는 35도를 가리켰다. 일상이 황무지처럼 느껴지는 여름 안에서 이모는 작은 정원을 일구고 산다. 열기에 맞서 오이와 고추 그리고 호박 등이 느리지만 힘차게 자라난다. 품종 때문인지, 이 나라의 토양과 기후 때문인지 한국과 달리 색이 짙고 크기도 어마어마하다. 새로 칠한 지 얼마 안 된 계단을 올라 포치에 들어서자 문을 열고 맞이한 사람은 흰수염에 눈매가 유독 깊은 맥 이모부였다. 텍사스 남부에서 나고 자란 강한 풍모가 매섭게 느껴지기도 했다. 하지만 대화할수록 그런 생각은 어느새 누그러졌다. 그는 텍사스로터리 Texas Lottery를 사서 내 이름을 서명란에 함께 쓰면 운이 따라올 거라고 호탕하게 웃었다. 시시콜콜한 농담이 오가는 동안 작은이모는 그린파파야와 코블러파이를 만들어줬다. 나는 맥주 대신 콜라를 마셨다. 저녁엔 이모부와 단둘이 사격장에 갔다. 순식간에 집중한 그가 표적지를 향해 여러 발 쏘는 걸 구경했다. 오는 길에 진짜 총을 파는 가게도 지났다.

내가 머무는 방 침대 옆 작은 협탁엔 성경책이 있었다. 작은이모는 큰이모에 비해 조용하고 차분하다. 평생을 직장에서 일해왔기 때문에 규칙적인 생활과 리듬이 온몸에 배어 있다. 큰이모처럼 분위기에 취해 와인과 막걸리를 권할 리 없다. 차가운 인상 탓에 자칫 엄격하고 냉소적으로 보인다. 그러나 이모는 누구보다 온화하고 부드러운 사람인 걸 나는 안다. 그리고 종교가 있다. 좋은 음식, 좋은 운동, 좋은 식습관과 생활에 대해 늘 차분히 조언해준다. 나는 한국에서의 게으르고 불량했던 삶이 스치는데도 말없이 이모의 말을 경청한다. (맥주가 없어서 음식은 조금 남겼다.) 나는 한국을 떠난 후로 계속 텍사스에서만 살아온 이모의 삶과 종교를 생각해본다. 그가 굳게 믿어온 신념을 생각해본다. 그때로 돌아가 비탄에 빠졌을 이모에게 시 한 편을 읽어줄 수 있었다면! 그 시를 다시 이모가 어머니에게 전해 들려줬다면! 나는 이모와 단둘이 드넓어 길 잃기 좋은 보태니컬 가든을 걸으며 생각한다.

오늘은 부시 하이웨이를 건너 부시 박물관 George H.W. Bush Presidential Library and Museum에 왔다. 911테러로 잔해만 남은 형체를 알아볼 수 없는 빌

딩 철근을 바라보면서 나는 종교와 신념 대신 시를 생각했다. 집에 돌아와 여러 번 소리 내 읽었다. 텍사스를 떠나는 날, 공항에서 무심코 열어본 캐리어의 작은 포켓 속엔 협탁 위 성경책이 있었다. 그들은 나를 배웅하고 돌아가는 길에 교회에 갔으리라. 늦지 않게 참석한 오후 예배에서 나를 위해 기도하고 있으리라. 이제 '외로움의 나무처럼 애도의 나무처럼', '초록색 풍경 주변에 그림자처럼'(「미망인」, 『실비아 플라스 시 전집』, 336쪽) 서 있는 나무들을 떠올리고 싶지 않다. 대신 붐비는 공항 속 나는 오래전 누군가를 생각하며 '좋은 사람이 되어야만 하는 것은 아니다 / 참회하며 무릎으로 사막을 건너야만 하는 것은 아니다'로 시작하는 올리버^{Mary Oliver}의 시 「기러기」를 외다시피 했다.

*

> 글쓰기는 당신이 없는
> 바로 그곳에 있다는 것을 아는 것
> — 롤랑 바르트Roland Barthes

이 한 장의 사진으로부터 환기되는 것은 무엇일까. 따뜻한 벽난로, 촉감이 부드럽고 단단한 카펫, 어젯밤 켰던 촛불들, 약간의 재, 하드커버의 작은 사진첩들, 그 위로 아무렇게 쌓여 있는 사진 더미들. 밖에서 본 큰 현관문은 주 출입구가 아니다. 전통적인 구조라면 사람들이 북적이는 응접실로 쓰일 테지만, 이곳은 이모만의 아늑한 공간이다. 작은 소파 위로 블랭킷이 겹겹이 덮여 있다. 나는 그 한가운데 덩그러니 앉아 있다. 순간 나는 다른 곳에 와있는 것만 같다. 아득한 낯섦이었다. 이곳은 내가 오기 전부터 상상했던 풍경과 가장 흡사하다. 바깥, 창밖으로 여름 햇살이 내리쬐고, 선선한 바람이 불고, 옆집 수영장에선 아이들이 첨벙거린다. 어제 마셨던 와인과 밤늦게까지 계속된 이모의 뜨개질, 그리고 그것을 바라보기만 했던 나, 이모의 식구들과 밤새 나눈 이야기들, 이것은 무엇과도 바꿀 수 없는 생생한 기억의 조각들이다.

그러던 어느 7월 말의 오후였다. 가지런히 정리해둔 마른 수건을 챙기기 위해서 이모를 따라 무심코 그 응접실에 들어갔다. 낮에는 그곳에 잘 가지 않았다. 찬장의 유리그릇까지 투명하게 빛나는 여름을 다시 느끼고 기분이 좋아졌다. 세 아들의 결혼 사진, 귀여운 손자와 손녀 사진 등이 탁자와 벽난로 선반 위 곳곳에 놓여 있었다. 나는 그것을 하나둘씩 구경하기 시작했다. 이미 친숙한 얼굴이기에 그들의 어린 시절 얼굴을 보는 일은 흥미로웠다. 탁자 위에 쌓여 있는 앨범 더미에는 더 많은 사진이 깔끔하게 정리돼 있었다. 좀 낡은 사진첩은 한국에서 가져온 것이기도 했다. 이모는 웃으면서 "보고 울지 마." 하고 말씀하셨지만, 그 가벼운 충고는 내게 아무런 걱정이 되지 못했다. 왜냐면 이모가 가진 사진들은 이미 내가 수백 번도 넘게 본 옛날 어머니의 사진이었기 때문이다. 내가 어렸을 때, 이모는 미국에서 가져온 반짝이는 것들과 함께 오는 사람이었다. 엉덩이 아래까지 길게 드리워진 검은 머리카락, 그 옆에 한껏 포즈를 취하고 선 어머니, 그리고 무표정한 얼굴로 다른 곳을 바라보던 다섯 살의 나까지.

여기는 공원이었나. 이모는 허벅지 아래까지 늘어트린 머리카락을 뽐내듯 서 있다. 어렸을 때 내가 본 이모는 한국인도 외국인도 아닌, 만화 속 주인공 같았다. 그는 에너지로 늘 넘쳤으며, 어떠한 상황 속에서도 유머를 잃지 않았다. 이모로부터 에티켓이라는 표현을 배운 게 생각난다. 이모는 특히 식탁 예절을 중시했던 것 같다. 오줌이 마렵다며 화장실로 쪼르르 가는 어린 내게 '소변'이나 '용무' 따위로 말을 바꿔 쓰면 어떨까 하고 묻기도 했다. 이모가 한국에 왔을 때 집안 유리장은 작고 화려한 색색의 미니어처 향수병, 챙이 넓은 빨간색 모자들, 캔디와 초콜릿들로 넘쳐났다. 나는 그 독특한 향을 잊을 수 없다. 사진 속 젊은 이모는 지금 봐도 영락없는 마법사 같다. 그 옆에서 어머니는 이모를 넌지시 바라보며 웃고 있다. 옆모습 덕에 나는 어머니의 콧날을 자세히 볼 수 있다. 부드럽고 오똑한 선을 따라간다. 녹음테이프를 듣던 그때도 본 어머니의 옆모습이다. 삼십 대 초반의 어머니, 젊고 눈부시다. 이모가 그 여름날을 구체적으로 묘사하고 있다. 밝은 응접실에서 바르트^{Roland Barthes}의 슬픔이 온전히 전해지는 순간이었다. 우리말 『밝은 방』으로 번역된 원제는 『카메라 루시다^{Camera Lucida}』이다. '밝은'보다는 '환한'이란 말이 더 어울리지 않냐고 누군가 들려준 이야기까지도 새삼 떠오른다.

사진의 본질에 가닿기 위한 바르트의 고통이 투영된『카메라 루시다』는『애도일기』비슷한 시기에 쓴 글이다. 어머니가 돌아가시고 난 다음 날부터 쓰게 된 짧막한 메모들이 애도에 대한 지평을 넓히는 재료였다면, '카메라 루시다'는 그 단상들을 "사진"이란 프레임에 펼쳐 전개한다. 그는 단순히 기호적 취향으로 머무는 사진의 일반적인 속성에서 벗어나 "사진의 본질은 무엇인가?" 하는 존재론적 욕망에 대한 물음을 제기하고 있다. 이를 논증하기 위한 방법으로 "내게 있어 존재한다고 확신"하는 사진들을 토대 삼아 오직 그만의 개별학^{singularity}을 수행하기로 한다. 개인적인 경험에 비춰 만든 '개별학'을 믿고 의지하기란 쉬운 일이 아니다. 이 주관적인 방식은 그만의 내밀한 갈망에 기인한다. 즉 바르트는 지금껏 사로잡힌 거대 담론의 고립에서 벗어나 투명하고 담대한 방식으로, '나 자신'으로부터의 출발을 선언하고 있다.

사진은 과연 그에게 무엇일까. 책의 첫 문장은 "아주 오래전 어느 날, 나폴레옹의 막냇동생 제롬의 사진을 우연히 마주하게 되었다."고 시작한다. 나는 이 시작점을 꿰뚫어 보고 싶다. "오래전 어느 날"은 이후 중요한 단서가 되는 "온실사진"의 발견과 맥이 닿는다. 사진을 선호한다고 공언했음에도 그를 괴롭힌 분리 불가능했던 문제는, 이후 "온실사진"을 통해 해소된다. 그는 그가 태어나지 않았던 시대, 어머니의 사진으로 표상되는 역사적인 관점과 자신을 분리하는 데 성공하기 때문이다. 물론 이전 시대를 추억하고 상기시키는 것만으로 풀리진 않는다. 그러나 잊고 있던 것들을 일시에 환기하는 그 사진은 과거를 온전히 "되찾게" 해준다. "나폴레옹의 막냇동생 제롬"은 어떤가. 그는 바르트를 포함한 독자 누구에게도 감흥의 대상이 아니다. 이 지극히 개인적이고 주관적인 사진을 통한 목격, 또는 마주침은 '타자'를 만나는 시작이다. 마지막으로 "사진을 우연히 마주한" 비자발적이고 무의지적인 태도는 그가 말하고자 하는 사진의 비상한 가치를 드러내는 지점이기도 하다.

바르트의 말을 빌려 자문해본다. "나는 내가 찍힌 사진을 본 적이 있는가?" 이 경험은 나를 낯설게 하기 좋은 방법이다. 그는 이러한 타자화의 시선이야말로 나를 "또 다른 나"로 분열시키고 나아가 사진의 심원한 광기를 통해 자아를 성찰할 수 있다고 보았다. 익히 잘 알려진 개념인 "푼크툼punctum"은 순식간에 날아온, 화살에 찔린, 상처의 통점과도 같은 것이다. 반대로 "스투디움"을 설명하는 의지나 의도를 수반하지 않은 것이기에, 나를 관통하는 그 화살은 뜻밖의 것이자 불의의 것이 된다.

그리하여 푼크툼을 애써 지각하는 노력은 무용하다. 푼크툼이 지닌 디테일한 속성은 확장의 능력을 잠재하고 있다. 사진 한 장에 담긴 사소하기 그지없는 그 무엇이 기억을 촉발시킨다. 이러한 비자발적인 특징은 사진을 보는 것에서 멈추지 않고, 그것이 거기에 "분명히 존재했음"을 인지하게 하는데, 이 순간적인 깨달음은 선적인 영역이기도 하다. 사진에 대한 '명증성'에 도달하고자 하는 그는 마침내 젊은 시절 해변을 거닐고 있는 어머니의 사진을 만난다. 이어 온실사진을 발견하게 된다. 그의 묘사로 유추할 수 있는 온실사진을 통해 종국에는 다섯 살의 어머니의 눈빛과 마주한다. 그 '존재'를 '발견'하는 행위가 바르트에게 죽음을 물리칠 수 있는 근간이자 글 쓰는 원동력이 된다.

그간 잃어버렸던 사람. 어머니라는 형상으로서가 아니라 하나의 인간, 하나의 특질, 즉 영혼으로서 인식하는 일, 이 강렬한 체험 덕분에 사진 속에 드리워진 광선이나 색채 역시 사진의 고유성으로 드러난다. 그에게 그림 속 덧칠과 다른 '빛'은 직접적인 접촉을 내포한 '사랑'이라고까지 여겨진다. 사진이 명백하고 자명한 증거가 되는 순간이다. 비록 지금은 없지만, 과거 분명 존재했던 그 사진이 현실과 자꾸 부딪치고 맞닿음으로써 사랑과 고뇌를 반복한다.
다시, 단 한 장의 사진을 본다. 이 한 장의 사진이 기억의 무덤으로 날 이끌고, 설명할 수 없는 사랑과 고통의 감정으로 무너트린다. 나는 카슨^{Anne Carson}의 시를 떠올린다.

You remember too much,

my mother said to me recently.

Why hold onto all that? And I said,

Where can I put it down?

너는 기억을 너무 많이 해.

우리 어머니가 얼마 전에 말했다.

왜 그걸 다 붙들고 사니? 그래서 나는 말했다,

그러면 어디에다 내려놔요?

– 앤 카슨, 「유리 에세이The Glass Essay」 중

한때는 원망과 체념으로 읽혔던 물음이 언젠가 '사랑'으로 변하기까지, 내가 할 수 있는 건 사진을 보고, 쓰며, 읽고 또 읽는 일이다.

*

되살아난 방의 공간 덕에,

가장 중요한 기억들 뿐 아니라

가장 쉽게 달아나는 기억들,

가장 하찮은 기억들이 되살아나오고,

되돌아오고, 다시 활기를 띤다.

— 조르주 페렉Georges Perec

2208 Windsor Ave NE, Salem, OR.

윈저 애비뉴의 막다른 쪽에 위치한 집은 드넓은 직사각형 형태로 주변의 다른 주택에 비해 규모가 컸다. 바로 옆의 수영장이 있어 여름이면 사람들의 왕래가 잦다. 커뮤니티 풀Community Pool이라고 이름 붙인 이곳은 여느 주택처럼 작고 아담해 보통 어린아이들의 파티가 열린다. 정원에 앉아 시를 읽거나 맥주를 마시고 있으면 가끔 하늘로 둥둥 뜬 풍선이 보이기도 했다. 밖에서 산책을 마치고 집에 돌아오면 나무로 된 작은 보드에 색색의 분필로 그날 파티 주인공 이름이 써 있었다.

우리는 차고로 이어진 뒷문으로 출입하곤 했는데, 열쇠를 딸깍 돌리고 들어서면 벽면 가득 설치한 렉마다 놓인 색색의 유리병이 가장 먼저 보였다. 라즈베리, 블루베리, 마멀레이드… 과수원에서 딴 것들로 정성 들여 만든 잼이었다. 긴 겨울을 나는 데 필요한 것들이기도 했다. 큰 창고는 실내의 부엌으로 바로 이어졌다. 그들이 콧노래를 부르며 느긋하게 식사 준비를 할 때, 나는 달콤한 꿈을 꾸는 기분에 사로잡힌다. "오 사랑, 그리고 여름! / 너는 꿈속에, 내 안에 있다, / 가을과 겨울은 꿈속에 있다… / 농부는 근면함으로 살아간다, / 가축과 작물이 증가하고… / 창고는 가득 찬다." 머리맡에 둔 휘트먼Walt Whitman의 시처럼 나는 두 농부와 함께 사는 듯하다. 데이브가 아침마다 만들어주던 크레페의 냄새, 인도, 과테말라, 케냐 등지의 원두가 프레스 가득 뿜어져 내릴 때 퍼지던 냄새, 스콘 반죽의 밀가루와 설탕 냄새, 갓 구운 쿠키가 오븐에서 튀어나올 때 온갖 향이 뒤섞인다. 문을 열면 작은 공간 안에 팬트리가 있다. 그곳엔 말린 과일, 월남쌈 페이퍼와 같은 한국과 아시아산의 재료들이 종류별로 정리되어 있다. 시나몬과 바질, 월계수 잎과 페퍼들, 그리고 이름을 알 수 없는 다양한 향신료로 가득하다. 거실을 향하기 전 왼편으로 계단이 보인다. 지하 공간은 버디가 내려갈 수 없는 유일한 공간이기도 하다.

카펫이 깔린 계단을 밟고 내려가자마자 이모의 작업 공간이 펼쳐진다. 이모가 가장 아끼는 거대한 소잉 머신과 색색의 옷감들이 현란하다. 방문객들이 늘어날 때면 이곳은 게스트룸이 되기도 한다. 여기저기 놓인 안락한 침대들을 지나 더 안쪽으로 들어가면 빌트인 된 난로가 보인다. 아지트마냥 지하 공간을 자주 들락거렸던 이유 중의 하나는 이모가 특별히 설치한 노래방 기계 덕분이었다. 나는 방음이 확실한 그곳에서 바에즈Joan Baez의 음악을 크게 틀어 놓고 맥주를 마셨다. 딜런Bob Dylan의 앨범도 많았다. 물론 마이크를 쥐고 노래도 불렀다. 영국 다이애나 비의 비디오나 앨범, 심지어 도록이나 포스터도 있었다. 나는 그곳에서 아름다운 얼굴들을 많이 만났다. 원래 미국 민요였지만 애니멀스The Animals가 불러 유명해진 곡 〈House of the Rising Sun〉을 반복해 들었다. 이후 여러 가수가 변주해 불렀고, 이미 내가 많이 들었던 바에즈 버전도 있다. '해 뜨는 집'이라고 부른다는 이 뉴올리언스의 집은 '수많은 불쌍한 소년들을 망쳐 왔다.'는 대목이 있다. 바에즈는 자신의 버전에서 'It`s been the ruin for many a poor girl, and me'라며 '소년'들을 '소녀'들로 바꿔 부른다.

몇몇 영화도 봤다. "내가 이제 일어나서 성읍을 돌아다니며, 거리와 큰길에서 내 혼이 사랑하는 그를 찾으리니. I will rise now, and go about the city in the streets, and in the broad ways I will seek him whom my soul loveth." 아가 3장 2절로 시작하는 〈브룩클린으로 가는 마지막 비상구〉나 메릴 스트립의 〈아웃 오브 아프리카〉, 〈매디슨 카운티의 다리〉 등이었다.

그곳에서 처음 본 영화도 있었다. 메릴 스트립의 영화는 대부분 봤다고 자부했는데, 〈Heartburn〉은 낯선 제목이었다. 에프론Nora Ephron이 각본을 쓰고, 니콜스Mike Nichols가 만든 1986년의 이 영화는 우리말 〈제2의 연인〉으로 번역되었다. 원작과 각본을 쓴 에프론의 실화를 바탕으로 만들어진 이 영화는 워터게이트 사건Watergate Affair의 기자이자 두 번째 남편인 번스타인Carl Bernstein의 외도와 불화, 그리고 상처로 얼룩져 있다. 허망한 얼굴로 집 앞 분수대에 앉아 있는 레이첼 앞에 남편 마크가 등장하는 장면을 볼 때마다 나는 여전히 화가

나고 또 슬프다. 그건 아마도 '레이첼' 역을 한 배우의 기대와 원망 너머 안도와 고통으로 무너지는 표정 때문이기도 하다. 어김없이 흐르는 사이먼^{Carly Simon}의 목소리와 변주되는 멜로디까지 더해지면 슬픔은 배가 된다. 'There's more room in a broken heart' 에코처럼 울리는 가사는 80년대를 풍미한 영화음악의 애수를 한껏 뿜어낸다. 한국에 온 이후 유튜브 플레이리스트에 저장된 이 노래를 얼마나 들었는지 모른다. 시간이 많이 흐른 지금도 나는 우연히 그 음악을 들을 때마다 순식간에 이모의 지하 아지트에 웅크려 앉아 있던 때로 돌아간다.

디킨스^{Charles Dickens}는 괴롭던 어느 날이면 일시적인 불면증을 해소하고자 밤새 거리를 돌아다닌다고 했다. 정처 없이 걷다 보면 노역소나 교도소 벽 같은 곳에 다다르기도 한다. 걷기의 종착지를 정한 날, 거기가 감옥이라 하면 "수감자들이 앓는 병에 대해 생각하리라 다짐"(『찰스 디킨스 : 밤 산책』, 9~16쪽) 정도로 그의 밤 산책은 생각의 산물이자 행동이다. 운동장, 이른 저녁을 먹고 혼자 산책하기 위해 어두운 창고를 나설 때, 은밀한 즐거움은 내 기억 속에 '해방'처럼 쌓여 있다. 두렵고 설레는 기분이 온몸을 감싼다. 익숙한 스트리트를 가로질러 하나둘 켜지는 불빛들을 본다. 이제 막 커튼을 걷어내고 저녁을 차리던 속살 같은 공간들, 그 속에서 새어 나오는 그릇들의 소리를 지나, 투명하고 커다란 창문 앞에 다다랐다. 어느 낯선 집앞, 그들은 주광등 아래 악기를 연주하고 있었다. 금빛 흐른 또

183

는 트럼펫, 기타, 구석의 피아노까지. 손때 묻은 악기를 저마다 사랑스럽게 쥐고서, 그들은 익숙한 합주를 이제 막 시작할 참이었다. 그들은 말없이 다정한 눈빛을 주고받는다. 나는 낯선 관객이 되고 싶지만, 남의 집 창문 앞에서 덩그러니 서 있을 수는 없는 일이다. 귀를 막아도 들려오는 것. 음악들은 저 멀리서 사투하듯 쏟아진다.

내 걸음이 길어질수록 연주음도 함께 멀어진다. 투명한 창문, 여름 오후를 서서히 장악하는 어둠으로의 여정이다. 운동장으로 향한다. 대낮 연둣빛이었던 숲길이 초록으로 검게 짙어질 때, 그런 하늘을 오래 본다. 땅거미가 완전 내려앉기 전에는 집으로 돌아가야 한다. 돌아가는 시간까지 대략 고려해본다. 한 블록을 숨 가쁘게 달리면 저녁 음식 냄새가 채 가시지 않은 창고를 통해 부엌으로 들어설 수 있다. 생각을 마친 후에야 발길을 뗀다. 저 노을의 모습을 언젠가 다시 볼 수 있을까. 운동장에 걸터앉아 하늘을 보면, 내가 태평양을 건너온 게 새삼 먼 얘기 같다. 며칠 전 읽은 킨넬Galway Kinnell에 영향받아 끄적거린 시를 완성해야 한다. 소용없는 음악을 듣는다. / 귀를 막아도 들려오는 것 / 음악들은 저 멀리서 사투하듯 쏟아진다 / 이를테면 두서없는 사전의 낱말들처럼 / 오래전 내가 읽다 덮은 에이브 전집도 있다 ⋯ / 작은 방에서 글씨들을 굴리는 조각을 쫓으면서 / ⋯ / 사랑한 후 우리는 발소리를 듣는다⋯

이미 어둑해져서 돌아왔을 때 데이브의 차가 창고에서 빠져나오고 있는 게 보였다. 그는 유리창을 천천히 내리며 어서 오렴, 하고 웃었다. 미소 뒤에 순간의 안도하는 눈빛 같은 게 스쳤다. Everything Is Fine. 내가 놀란 눈으로 바라보자 그는 오히려 나를 안심시켰다. 바깥은 이미 어둠으로 잠겼다. 데이브는 장난스레 윙크하며 어서 들어가 보라는 듯한 눈빛을 보냈다. 그는 사실 날 찾으러 나오는 길이었다. 이모는 울상인 표정으로 나를 보자마자 끌어안았다. 창고에서 처음 날 봤을 때만 해도 애써 침착한 말투였지만, 이모는 감정을 가누기 어려워 보였다. 그 짧은 한 두 시간 걱정과 불안에 찬 시간을 보냈을 것이다. 네게 만약 큰일이라도 나면… 어떻게 되겠니. 이모는 나를 안고 어린아이처럼 울었다. 왈칵 눈물을 떨굴 때 엄마의 얼굴을 본 것 같기도 하다. 데이브는 한참 뒤 들어와 다시 한번 속삭여 줬다. Everything Is Fine.

7월 태양이 드리운 새벽, 이제 막 아침으로 넘어서는 느낌만으로도 눈이 떠진다. 그럴 때면 어김없이 기차 소리를 들었던 것 같다. 방 안이 푸르게 넘실대는 새벽에도 증기기관이 뿜어내는 소리가 흘러들어온다. 이 방에 짐을 푼 첫 밤부터였다. 가까운 데인지 먼 데인지 알 수 없는 곳에서 들렸다. 어떤 날은 그 소리를 분명히 들었고, 어떤 날은 그 소리를 놓쳤다. 호수와 산 너머 사막을 품고 있는 먼 땅에서부터, 알 수 없는 세계로부터 누군가를 태우고 떠나는 기차, 누군가를 버리고 멀어지는 기차. 그 기차는 태초부터 운행된 건 아닐까. 나는 영화 〈황무지^{Badlands}〉의 한 장면을 떠올렸다. 우연히 만난

소년과 소녀가 함께 걸으며 하릴없는 이야기 나눌 때, 불탄 집을 뒤로하고 기약 없이 먼 여행을 떠나고야 말 때 사막의 풍광은 시작된다. 몬태나Montana 주가 멀리 보이는 황무지 어딘가에서 소녀는 지나가는 기차를 보며 마르코폴로를 떠올린다. 쏜살같이 사라진 기차의 뒤꽁무니를 보며 미래를 점쳐 봐도 한 치 앞을 알 수 없다. 밤의 황무지로 콜Nat King Cole 음악이 흐르지만, 벌판 위 그들의 사랑은 위태롭고 무모하다. 나는 기차 소리가 다시 들리길 기다리며 잠들고 다시 또 아침을 맞이한다.

정원은 아침마다 매일 새로운 모습이다. 햇빛과 바람, 그리고 이모가 주는 물을 먹고 힘차게 자라기 때문일까. 이모는 철재로 된 지지대를 곧게 세우고 있다. 해리스Alexandra Harris가 2015년에 쓴 『예술가들이 사랑한 날씨Weatherland』는 '날씨'를 보고 느끼고 또 온몸으로 영향을 받아 탄생한 작품과 작가들에 대해 탐색한다. 울프의 에세이 중 하나인 「읽는 일Reading」은 8월 어느 날 활짝 열린 창가에 놓인 의자에서 시작된다고 한다. 그가 읽은 단어들은 책 속에 이제는 인쇄되고 제본된 묶인 상태가 아니라 "어떤 식이든 나무나 들판이나 뜨거운 여름 하늘의 산물"처럼 여겨진다. 울프는 또한 아편 중독을 고백하는 퀸시의 글을 읽을 때 "햇살이 환한 야외에서 읽는 게 가장 좋다."고 했다. "인쇄된 페이지들은 관대한 햇살과 공기가 더해져야 한다고 간청하는 것처럼 보인다."(『예술가들이 사랑한 날씨』, 617쪽)라는 문장만으로도 울프는 독자들에게 오감을 체험하고 또 권유하고 있다. 이 얼마나 사려 깊은 비평인가!

정원을 떠오르게 하는 오감 중 빼놓을 수 없는 건 바로 음악이다. 딜런의 1970년 앨범 제목은 〈뉴 모닝New Morning〉이다. 앨범 재킷과 달리 수많은 앨범 중 조용하고 감성적인 곡이 대부분이다. 이모 차 안에서 들리던 〈If not for you〉나 〈Went to see the Gypsy〉 같은 노래들도 기억난다. 〈Time Passes Slowly〉에는 '한낮에 핀 여름의 붉은 장미red rose of summer that bloom in the day' 같은 가사도 있다. 그런 한 줄을 들으면 나는 어느새 여름 햇살이 포치로 내리쬐던 뒷마당에 와 있다. 정원을 휘감는 온갖 색들, 무참히 파란 하늘과 물방울들. 아름드리 선 작고 큰 나무들. 테이블 위에 놓인 투명한 자Jar, 끓는 물에서 막 꺼내와 뜨거운 열기를 뿜고 건조 중인 작은 유리병들이 햇빛을 받고 있던 장면도 떠오른다. 향기 주머니를 만들기 위해 딴 꽃잎들, 라벤더가 은빛 트레이 위에 가득 쌓여 있다. 처음 정원에 들어섰을 때 그 붉던 장미들. 잎이 떨어질 때마다 주워 모으던 것들이다. 이모와 나는 어느새 포푸리potpourri를 만들 준비가 끝났다.

2009년 출간한 미국 작가 넬슨Maggie Nelson의 에세이 『블루엣Bluets』에는 '만물은 근본적으로 유한하다'는 교훈을 터득하기 위해 파란 유리, 파란 잉크병, 파란 돌을 햇빛이 흠뻑 쏟아지는 선반에 올려두고 햇빛이 관통하는 모습을 지켜보는 이야기가 나온다. (『블루엣』, 121쪽) 햇빛에 취약한 물건들은 때론 바래고 망가지기 십상인데, 그

는 자신의 호기심이나 게으름 따위를 핑계 삼아 그대로 '방치'해둔
다. 나는 그 행동이 마음에 든다. 설령 '퇴락'하고 있다는 걸 알면서
도 햇빛 아래 파란 물품들을 몸소 옮기고 햇빛에 투영하게 하는 일.
이것은 나를 왜 움직이는 걸까.

*

> 그리고 더 많이 잃고, 더 빨리 잃는 연습을 할 것
> 장소들, 이름들, 여행하려고 했던 곳들
> 그것들을 잃는다고 큰 불행이 오지는 않는다.
> — 엘리자베스 비숍Elizabeth Bishop

햇살 속에서 나는 자신에게 너그러워지는 법을 배웠다. 이것은 바
로 마음껏 잃어버리고 버리는 일로부터 시작된다. 가장 먼저 디킨슨
의 시에서 영감을 받았다. 그가 우위를 매기고 순서 짓는 방식은 즐
겁고 다정하다. 그의 예측에 의하면 '첫째는 시인 – 그 다음은 태양
– / 그 다음은 여름 – 그다음은 신의 천국 – / 이것으로 – 목록은
끝–' 이다. 간결하지만 정확한 그 헤아림에서 여름은 시인에게 특별
한 계절이 된다. 이를테면 '이들의 여름은 – 일 년 내내 계속' 되는
것으로 '이들은 태양 하나쯤 감당할 수 있'는 존재들이다. (『절대 돌
아올 수 없는 것들』, 98쪽) '여름의 최후는 기쁨–'(『마녀의 마법에

는 계보가 없다』, 25쪽) 앞에서 디킨슨은 아름다움을 위해 죽음을 택하는 따위 문제 될 거 없는 결기와 무화의 마음으로 태양 아래 자유로이 내던져진 존재 같다. 그는 비록 '광야를 본 적 없'고, '바다를 본 적 없'음에도 '히스'와 '풍랑'을 아는 자다.(『절대 돌아올 수 없는 것들』, 96쪽) 그는 순간마다 이렇게 번뜩이는 예지로 가득하다.

'여름 시계로는 / 시간이 절반 남았'(『모두 예쁜데 나만 캥거루』, 15쪽)을 때, 나는 캘리포니아에 있었다. 이모와 데이브와 잠시 떨어져 혼자 도착해 햇빛과 놀던 날들이 선연하다. 며칠간 페리를 타고 샌프란시스코 시내를 매일 걷다 왔다. 텍사스의 열기가 단번에 사라지는 맑고 선선한 날씨였다. 내가 머무는 곳은 이모의 둘째 아들 부부 가족이 사는 곳으로 마린카운티에 있는 노바토^{Novato}의 한적한 주택가다. 밤이면 주방의 창 너머로 작은 노루도 보이는 곳이었다. 햇살은 더할 나위 없다. 어느 완벽한 여름이 있다면 캘리포니아의 풍경일 테다. 저녁엔 얇은 패딩을 입기에 적당한 차갑고 기분 좋은 바람이 분다. 금문교^{Golden Gate Bridge}를 지나 북쪽으로 가면 부촌 마을인 소살리토^{Sausalito}에 갈 수 있다. 그리고 내가 가장 좋아하는 디킨슨의 문장을 만난다. '난 아무도 아냐! 넌 누구니?'(『절대 돌아올 수 없는 것들』, 46쪽) 혼자 있음에도 절대 두렵지 않은 시간이 흐른다. 내가 그 누구, 어떤 무엇이 아니어도 좋다. 나는 이 낯선 길이 경이롭다. 페소아^{Fernando Pessoa}의 글에서도 '아무도 아님'은 존재한다.

나는 존재하지 않는 도시의 교외이고, 결코 쓰이지 않은 책에 대한 장황한 해설이다. 나는 아무도 아니며, 아무것도 아니다. 나는 느낄 수도 없고, 생각할 수도 없고, 원할 수도 없다. 나는 완성되지 않은 소설 속의 등장인물이다. 나를 완성시킬 줄 모르는 어떤 자의 한 조각 꿈이 되어, 존재했다는 과거도 없이 바람 속으로 날아가버린다. (『불안의 서』, 1931년 12월 1일, 457쪽)

페소아는 기꺼이 '방랑하는 관찰자'가 되어 거리를 돌아다닌다. 사색 도중 '특정한 통찰의 순간'을 만날 때 그 기쁨은 배가 되는데, 바로 주변의 모든 것이 자신에게 온갖 소식과 가르침과 메시지를 준다는 것이다.(『불안의 서』, 594쪽) 더 좋은 건 그 이후다. 페소아는 "밖에서 산책하는 동안 완벽한 문장들을 많이도 떠올렸는데, 집에 오니 이제 기억이 나지 않는다."고 적었다. 그리하여 지금 쓰고 있는 문장의 "말할 수 없이 아름다운 시정詩情이, 순수하게 원래 떠오른 형태 그대로인지 아니면 원래 모습과는 상관없는 형태인지 나는 알지 못한다."고 고백한다.(663쪽) 알지 못하기 때문에, 모르기 때문에. 나는 수많은 페소아와 페소아의 문장들을 몇 번이나 읽었는지 모른다. 샌프란시스코 거리를 매일 같이 '쏘다녔지만' 기억나는 지명은 거의 없다. 어떤 곳은 언덕이 높고, 담장마다 꽃이 붉다. 어떤 곳은 밀크Harvey Milk가 신나게 뛰어다닌 무지개 깃발 펄럭이는 마을일 뿐이다. 거리마다 그래피티가 가득했고, 사진을 많이 찍었지만, 어제 본 벽은 오늘 볼 수 없고, 내일이 되면 사라진다. 그래도 괜찮다.

이제 포틀랜드공항^{Portland International Airport}으로 가는 마지막 여정이다. 40분 뒤면 이모와 만날 수 있다. 페이스타임에서만 인사했던 데이브가 신나게 운전 중이라고 했다. 그는 내게 어떤 표정을 지을까. 중년의 승무원 여성이 내게 소다를 갖다준다. 가방은 발밑에 내려줄래? 부드러운 미소도 잊지 않는다. 나는 이 투명한 플라스틱컵에 뜬 기포를 오래 쳐다본다. 포틀랜드 체리, 달콤하고 붉은 과일을 똑 떨어트려 먹고 싶다고 생각했을 때 기체는 매우 흔들리며 이륙하고 있었다. 얘, 가방! 다시 한 번 승무원이 내게 와서 손짓했다. 동양 여자애, 말도 참 안 듣는구나. 꼭 저렇게 속삭일 것만 같다. 발밑으로 가방을 내려두고서야 소다를 들이켰다. 차가운 맛이었다. 지금 이 기분이라면 오직 내가 좋아하는 것들을 되뇌도 충분하다. 마침 돌아갈 수 있는 '집'이 있다니, 유랑인의 마음을 접어둔다. 맛보고 싶은 과일, 향신료, 채소, 인스턴트 식품의 이름을 곰곰이 생각해본다. 미리 봐둔 세일럼과 포틀랜드의 식료품점, 캘리포니아가 부럽지 않은 세일럼의 와이너리, 다운스트리트의 오래된 서점들, 그리고 다시 리큐어 가게들. 벌써 구름보다 높은 곳에 있었다. '이 기체가 흔들리고 하늘에서 마시네'로 시작해도 좋을 것 같다. 진흙과 어둠 같은 블랙 올리브에 대해 써볼까. 체리를 주머니 가득 넣고 도망가는 어린아이라도 좋다. 툭툭 모래처럼 흩날리고 사라지는 시나몬 가루여도…

하지만 그런 생각들을 하며 쓴 메모장은 진작에 잃어버렸다. 숱한 여름날의 아침, 오후의 일과들을 빠짐없이 적었지만, 이제는 영영 찾을 수 없다. 과일과 요리 재료들을 커다란 나무 상자 안에 듬뿍 담고, 데이브가 놀라길 기다렸던 그 포치 앞에서의 어떤 오후를, 나를 향해 두 팔 벌려 깜짝 놀라던 그 눈빛을, 정신없이 흔들리는 기체 때문에 포틀랜드 어느 부근에서 추락해버리면 무슨 이야길 남길까 신중히 생각했던 유서들을. 빼곡했던 지난 순간들이 어느 구름 사이로 훌훌 날아다닌다면, 그것은 영영 잃어버린 게 아닐 것이다.

3. 동부의 기억(Buffalo, NY.)
- 폭포, 심연을 만드는 물살

                                                        …

나는 기도가 무엇인지 정확히는 알지 못한다
그러나 어떻게 주의를 기울이고
어떻게 풀밭에 주저앉아 무릎을 꿇는지
어떻게 한가롭게 노닐며 축복받는지
어떻게 들판을 산책하는지는 안다
그것이 내가 오늘 종일 한 일이었다
말해 보라, 내가 달리 무엇을 했어야 하는가?
결국엔 모든 것이 죽지 않는가, 그것도 너무 일찍?
말해 보라, 당신의 계획이 무엇인지
당신의 하나뿐인 이 야생의 소중한 삶을 걸고
당신이 하려는 것이 무엇인지
— 메리 올리버Mary Oliver

그런 장면들이 있다. 작별 인사를 하러 들어갈 때 흐르던 버펄로 스
프링필드Buffalo Springfield의 음악, 죽음의 눈빛이 감돌던 방, 오후, 로렌
스Jennifer Lawrence가 나오는 영화 〈조이Joy〉의 눈에서 흐르던… 절망의

노래는 어떤 리듬으로 떠도나. 절망은 무얼 망가트리고 어떻게 웃는 지, 이른 여름과 이른 저녁 불쑥 찾아오는 그런 죽음들 말이다. 다시 또 떠올려보면 여름들이 문제다. '한여름의 작렬하는 태양이 환하게 비치면 자신이 누군지 모르는 사람이라도 위안을 얻(『불안의 서』, 1934년 6월 9일)'음에도 여름이 도래하면 슬퍼지는 페소아도 마찬가지다. 김이듬의 시 속에는 '햇볕에 불타 죽은 사람도 있다고 했다' (「어두운 여름」, 『마르지 않은 티셔츠를 입고』, 118쪽) 디디온Joan Didion의 여름은 어떤가. 스무 살 처음 도착한 뉴욕 한복판, 그가 느낀 여름의 곰팡이 냄새 같은 것. 몇십 년 후 직면할 수밖에 없었던 마법 같은 생각들… 어린 그 앞에서 죽음은 어떤 얼굴을 하고 도로에서 아우성치나. 마냥 상기해둔 죽음도 있다. 손택은 '허구-성찰을 위한 아이디어'의 일환으로 '죽어 가는 여자들에 대하여', '여자들의 죽음' 또는 '여자들이 죽는 법' 등의 제목에 대해 구상한 뒤 다양한 소재의 죽음을 나열한다. 그 소재들은 대개 여성이다. 가장 첫 줄에 언급된 것은 바로 "울프의 죽음"이다. 퀴리의 죽음, 룩셈부르크의 죽음 등이 이어진다.(『의식은 육체의 굴레에 묶여』-수전 손택의 일기와 노트, 447쪽) 마치 죽어가듯 한 상태 속에서 꿈속 어머니의 침묵을 견뎌야만 하는 바르트에게 죽음이란 "지금까지 보아왔던 것이 아무것도 아닌 것으로 보이는 것"(『사랑의 단상』, 롤랑 바르트, 244쪽)으로 정의된다. 지금, 이곳 폭포 앞에서 죽음을 생각한다. 폭포에서 수없이 떨어진 사람들, 웃거나 사진을 찍다가 발을 헛디뎌 실수로 떨어져 죽은 사람들, 먼 곳에서 나이아가라폭포Niagara Falls에

막 도착해 자살을 결심한 사람들, 그리고 폭포의 물살을 맞으며 빛 나게 웃을 때, 가깝고도 먼 죽음을 알지 못하는 사람들, 그게 아니 라면 누군가 살다간 여름, 끝임없이 말하기 좋아하는 여름, 도처에 서 달려드는 그런 여름 한가운데에 있다.

오늘은 라즈베리를 따러 갈 거야.

데이브의 어느 문장은 그렇게 시작하고 있었다. 그가 보낸 메일을 읽는 지금 나는 동부에 와 있다. 그와의 거리가 새삼 멀게 느껴졌다. 시인 하스Robert Hass가 릴케를 향해 쓴 일종의 헌사에서 일평생 "낯 선 이가 되지 않도록 세상을 배우는 것"(레베카 솔닛, 『멀고도 가 까운』, 263쪽 재인용)이 그의 과제였다고 말한다. 1912년 아드리 아 해 연안에 있는 두이노성 근처 절벽을 산책하던 릴케의 마음속 에 첫 행이 울렸고 즉시 첫 번째 비가를 완성했다는 일화 역시 처음 알게 된 사실이다. 릴케의 책을 꺼내 제1비가를 새삼 읽어본다. "우 리에게 남겨진 것이란 아마도 / 날마다 바라보는 언덕의 한 그루 나 무, 어제 거닐던 길" 행이 눈길을 끈다. 하스가 왜 "그는 자신의 황량 함을 살아 낼 필요가 있었다."고 적었는지 조금 알 것 같다. 서부에 서 거닐던 작고 큰 호수와 달리 이곳 동부의 명소이기도 한 나이아 가라폭포는 그야말로 웅장하다. 절벽들을 타고 흐르는 물살을 하 염없이 본다. 그때 울며불며 읽던 메일까지도. 여전히 즐겨찾기가 되 어 있는 데이브의 메일 중 몇 줄은 시간이 지난 지금까지도 다시 읽기에 큰 용기가 필요하다.

Kim은 소잉클래스에서 대부분의 시간을 보낸단다. 우리가 함께 들렀던 북 빈The Book Bin서점 바로 맞은편인 그곳 말이야. 덕분에 나는 버디와 충분히 산책할 수 있지. 물론 저녁에 맥주를 마실 친구는 없지만 말이야. 네 모든 것이 그립구나. 네 웃음, 네 장난기 넘치는 유머, 네 질문들, 네 대답들, 그밖에 모든 것이…

작은 공항에 내리자 비가 내렸다. 이모와 나는 급히 택시를 타고, 기숙사 건물이 있는 캠퍼스 안으로 들어섰다. 동부 여행의 마지막 여정이자 이곳에 진짜 온 이유는 내 오랜 친구 D를 만나기 위해서다. 그의 어머니 역시 이곳에 머무르고 있었다. 여름과 겨울 방학을 이용해 딸을 보러 오가곤 했는데, 언제나 디트로이트공항Detroit Metropolitan Wayne County Airport을 경유한다고 했다. 지금 이 풍경도 같았을까. 비구름은 좀 더 어두워졌다. 이모와 D의 어머니는 초면이었지만, 오래된 친구를 만난듯 반갑게 얼싸안았다. 우리 넷은 산과 바다 그리고 호수 곳곳을 여행하며 신나는 여름을 보냈다. 캐나다와 근접하여 차를 타고 국경을 넘기도 했다. 갱년기를 이미 치른 여성과 이제 막 갱년기에 들어선 여성, 그리고 여전히 젊지도 늙지도 않은 여성 두 명이 어울리기에 외딴 뉴욕은 근사했다. 넷이서 함께 늙어가며 다음번엔 제주도에서, 강릉에서 또는 일본에서 만나길 기약했지만 버펄로Buffalo의 며칠이 넷이 만난 처음이자 마지막이 되었다.

버펄로는 조용한 동네였다. 2층 기숙사 건물의 테라스 너머로 연못이 보였다. 그녀는 교외를 자주 나가지 않았다. 내가 갔을 때 다운타운에 나와 보는 게 고작 두 번째라고 했다. 그가 즐겨 참여하는 정신 분석 토론 모임, 소규모 영화 모임, 지적 학회 등에 따라갔다. 지하 아지트 같은 데서 대만 영화를 상영하기도 했다. 그곳에서 몇몇 한국 친구들, 포르투갈, 네덜란드, 이집트, 러시아 친구들을 만났다. 그녀는 사람들의 말을 유심히 듣고 길게 얘기했다. 이방의 목소리가 작은 세미나룸에 둥둥 떠다녔다. 그 낯선 말을 듣는 게 좋았다. 포틀랜드의 소란스럽고 활달한 느낌과는 비교할 수 없었지만, 그와 타투 거리를 걸어보며 괜한 고민에 빠져보는 것도 은밀한 즐거움이었다. 다음 블록까지 울리던 굉음이 아직도 귓가에 왕왕 울리는 것 같다. 그저 아무런 흉터도 남기지 않은 게 후회스러울 뿐이다.

나는 D와 단둘이 그리고 이모는 D의 어머니와 단둘이 낮을 보냈고, 밤엔 넷이서 함께 많은 음식을 해 먹으며 이야기 나눴다. 호박죽과 삼계탕을 잊을 수 없다. 커다란 식탁에 촛불을 켤 때 우리는 과장하며 탄성을 내질렀다. 그가 어디서 빌려 온 화려한 촛대가 제법 근사했다. 이모는 〈첨밀밀〉에 나온 노래를 제대로 부르고 싶다 했고, 내가 손수 가사를 적어줬던 것 같다. 떠들썩한 밤은 계속됐다. 그들은 새벽에 일어나 부지런히 산책하러 나가고, 장을 보고, 차를 마시거나 책 읽는 오후를 보내며 우리를 기다리곤 했다. 주말엔 근처 교회에 갔고 가끔 새벽 예배도 참석했다. 돌아왔을 때 그들은 웃고 있거나 때론 울고 있었다. 우리는 셰에라자드가 두 명이라며 놀렸다. 뉴욕의 여름은 해가 길었고, 무더웠지만 텍사스에 비해선 천국이었다. 남부 여행으로 빨갛게 부어오른 피부가 조금씩 제 색을 찾고 있을 때였다. 내가 자전거를 타지 못하는 탓에 우리는 다운타운에서 캠퍼스까지 3킬로미터가 채 안 되는 거리를 걸었다.

오늘은 내가 시를 읊을 차례였다. 생선 살을 발라주던 그 느낌에 대한 시를 쓸 거야, 어때. 도로의 자동차가 굉음을 내며 지나갔다. 어제 저녁? 그가 웃으며 물었다. 그래, 지금 나는 뉴욕이고, 한 블록마다 사슴인지 예쁜 유니콘인지 아무튼. 동물이 그려진 로드킬 표지판이 있는 도로 한복판에 있다고. 지금 내 옆에 불쑥 짐승이 모습을 드러내도 걔는 내 친구가 될 거고, 난 여기가 천국이라고 말할 거니까. 나는 도롯가에서 큰 소리로 말했다. 뿔 달린 날렵한 짐승이 번쩍 뛰쳐 나오길 기다렸지만 기적이 없었다. 레몬을 뿌린 커다란 생선구이가 오븐에서 막 나왔다. 어제 마지막 만찬은 특히 잊을 수 없다. D의 어머니는 우리의 밥그릇에 김이 나는 하얀 생선 살을 올리기 바빴다. 너희 꼭 모이 먹는 것 같아. 새들처럼. 이모가 옆에서 거들었다. 한없이 어린, 부드럽고 아늑한 맛이었다. 제목은 정했어. '내가 닳아갈 때 휘파람을 불어주렴' 그가 치아를 드러내며 웃었다.

아일랜드 시인 히니Seamus Heaney는 어린 시절 자연에서 딸기를 수확하고 저장하려 할 때 색의 변화를 목격한다. 그 순간은 시가 된다. 8월의 장맛비와 폭염 뒤 빨강과 녹색에서 자줏빛 덩어리를 발견하기까지, 시간이 지날수록 과육들이 멍드는 색을 드러내기까지, 열매는 여름의 피summer's blood로 그려진다. 「딸기 따기Blackberry-picking」란 시에서 단연 멈추게 되는 두 줄은 바로 다음이다.

> 매년 나는 딸기를 보존하고 싶었지만,
> 그렇게 안 되는 것을 알았다
> Each year I hoped they'd keep,
> knew they would not

내게 여름은 뼈, 그리고 상할 생각이 없는 싱싱한 과일들이다. 여름 과일들, 즙을 뿜어내고 터지는 과일들. 그런 과일들을 냉장고에서 꺼내 먹기 좋아했던 한 여인의 손길. 그런 것들이 어머니를 떠오르게 하는 이미지다. 커다란 수박덩이보다 더 작고 아름답기까지 했던 복수박. 복수박은 어머니가 먹었던 마지막 과일이었다. 병원 개수대에서 토마토나 자두같이 붉은 과일을 가열하기 위해 줄 섰던 사람들, 그중에 가장 어렸던 나까지. 껍질을 살짝 벗겨내고 담가보렴, 그럼 좀 더 빠르게 잘 익는단다. 같은 병실의 보호자가 팁을 알려주기도 했다. 나는 그런 걸 잘 기억하고 있었다. 누가 또 떠나면 누가 또 들어왔다. 누가 또 울며 떠나면 누가 또 울며 들어왔다. 그런 여름의 일상, 나는 서늘한 조리실에서 여름 과일을 가열하며 여름 오후를 보내곤 했다. 당시 켄트에 있던 D의 전화를 받았을 때 나는 반짝

거리는 은색 개수대에 놓인 빈 그릇을 바라보고 있었다. 내 기분을 오르락내리락하게 했던 열. 나를 늘 겁먹게 했던 열. 밤보다 낮에 더 무섭게 느껴졌던 열. 나는 수화기 너머 웅얼거리는 목소리를 들으며 끓는 토마토를 한동안 바라봤다. 토마토 껍질은 열에 쭈그러지고 있다. 깊은 속부터 천천히 터진다. 빨간 껍질들이 뜨거운 물 안에서 정신없이 휘돌 때, 토마토가 토마토가 아닌 것이 될 때, 토마토라고 소리 내 불러볼 때, 물소리가 차가워 들리지 않는다. 이 토마토는 너무 묽어 버렸지 뭐야, 화력이 세서 조절할 수 없어, 손가락으로 만지면 없어질 것 같아, 한없이 부서져 가는 여름이었어. 아무것도 모르기 때문에 토마토가 일그러져가는 것을 그냥 보고만 있다.

한국보다 값싼 채소와 과일 따위를 한 아름 사서 들어가는 길이었다. 마트에 잔뜩 쌓인 붉은 제철 과일들이 자꾸만 떠올랐다. 이따금 그의 일본인 남자친구가 저녁 식사에 함께했고, 우리는 나이아가라폭포를 둘러싼 토너완다^{Tonawanda}마을의 풀숲을 걸으며 얘기했다. 숲 한가운데에서 셰익스피어 연극이 즉흥적으로 펼쳐지기도 했다. 중세 시대 옷을 한껏 차려입은 연극이 우리는 조금 우스꽝스러웠지만, 이모는 환호했다. 일본 여자애가 추락사했던 기사가 자꾸 생각 났어. 매년 스무 명이 나이아가라에 와서 자살한대. 폭포에서 세차게 떨어지는 물살에 우비가 반쯤 찢어졌다. 나는 축축한 온몸을 닦으며 크루즈 따위의 경험은 다신 하고 싶지 않다고 말했던 것 같다. 바람이 많이 불던 니아완다공원^{Niawanda Park} 산책로에서 우리의 치맛

자락은 여러 번 날렸다. 나는 이상한 포즈를 자주 지었고, 그는 그런 모습을 굉장히 좋아했던 것 같다. 그러다 넷이 모여 아무 벤치에 걸 터앉아 오전에 싸 온 도시락을 먹는 재미는 더 말할 것도 없었으니까. 넷이 함께 나온 사진 한 장이 유일하다. 바람이 얼마나 센지 우리는 모두 챙이 넓은 모자가 날아가지 않도록 꽉 붙잡고 웃고 있다.

캠퍼스타운의 널찍한 연못으로 오리 몇 마리가 헤엄치고 있었다. 그 가운데 거대한 흰색 목조탑이 있었다. 이모와 D의 어머니는 호숫가를 둘레길 삼아 산책하길 좋아했다. 그 건축물은 신전 같으면서도 또다시 보면 거추장스럽게 느껴졌다. 사진 속에서 실재했던 탑을 발견하기까지 그것은 나타났다 사라지는 이상한 기억 같다. 밤이면 검은 물가로 퍼지던 냄새도 있다. 오리 떼는 오래 운다. 위층 네덜란드 애는 보이지 않더라. 방학이라 모두 떠났어. 산책 나온 사람은 몇 없었다. 어떤 일이 일어나도 이상하지 않을 것 같은 풍경이었다. 사진을 다시 뒤적여보니 그 연못은 생각보다 더 거대했다. 그 끝에 무엇이 있는지 지금도 알 수 없다.

최근에 던햄^{Lena Dunham}의 HBO 시리즈 〈걸스^{Girls}〉를 다시 본 적이 있다. 주인공 한나의 여러 에피소드 중에 내가 가장 좋아하는 것은 가족, 특히 엄마와 할머니, 그리고 이모들과의 이야기다. 다시 본 화에서 한나의 세 이모는 엄마 집에 모여 물건들을 정리한다. 늦여름의 부엌. 물건들 하나하나 이름 부르는 일, 거기에 포스트잇을 붙이며 누가 그것을 차지하는지 설전을 벌이기도 한다. 찬장에 놓인 오래된 그릇, 유리컵들도 예외는 아니다. 하지만 그들이 가장 중요하게 생각하는 건 엄마의 약혼반지다. 그들은 식탁 위 모여 앉아 약병을 정리하며 반지를 상상한다. 색색의 수많은 알약은 불투명한 병 속에 미끄러지듯 담긴다. 사랑하는 사람들과 할 수 있는 사랑스러운 일! 이모 중 한 명의 이름은 씨씨인데, '씨씨 스페이식^{Sissy Spacek}'과 관련된 농담은 두 번째 볼 때 알아차려서 피식 웃었다. 하나도 웃기지 않아, 라고 씨씨 이모가 핀잔을 줬다.

장면 하나.
이제 그들은 병원 복도에서 맹렬하게 싸우고 있다. "엄마가 지금 벌거벗은 상태로 죽어가고 있다고!" 슬프고 코믹한 대사가 거침없이 나온다. 그러다 밤이면 그들은 복도 여기저기에 담요를 덮고 밤을 지새운다. 작고 피로한 영혼들이 의자에, 바닥에, 침대에 널브러져 잠들어 있을 뿐이다. 잠시 죽어 있어도 좋은 밤.

장면 둘.
아침은 서프라이즈, 다행히도 밤새 할머니의 열은 내렸다. 그때 한나가 지켜본 엄마의 반짝이던 얼굴. "샌드위치든 과일이든 뭐든 갖다주렴." 할머니의 생기 넘치는 얼굴을 보며 다들 한시름 놓는다. 병실을 비추는 햇살, 한나는 할머니의 새하얀 얼굴에 키스를 퍼붓고 그곳을 떠난다. 푸석한 얼굴로 후련하고 가볍게.

장면 셋.

복잡한 뉴욕의 거리, 인파 속을 비집고 걸을 때 사촌 동생으로부터 전화가 걸려온다. '언니 돌아와, 할머니가 돌아가셨어.'

죽음은 그런 것.

'나 이제 뉴욕에 왔단 말이야.'

'다시 타, 다들 돌아오고 있어.'

죽음은 그런 것. 기차를 마구 타고 달려와도 떨어지지 않는 것, 계속 들러붙어 다시 모이게 하는 것, 나는 이만큼 떠나왔는데. 레일 위에서 뒤죽박죽 춤추는 죽음처럼. 이 장면들은 내가 어디서 마치 겪어본, 입술을 만져보고 가만히 지켜본 노래 같다. 죽음에 관한 어떤 고백들이 파노라마처럼 펼쳐진다. "저는 어린 시절부터 제가 죽는 것은 무섭지 않고 어머니가 죽는 것이 무서웠거든요." 일본 시인 슌타로谷川俊太郎 역시 죽는 것이 무섭거나 불안하지 않냐는 질문에 저렇게 답했다.(『시를 쓴다는 것』, 슌타로, 135~137쪽) 1967년 8월 10일, 다시 펴본 손택의 일기에선 '어머니' 하고 가만히 부른 그녀는 "내 심각한 불안+어머니가 늙는 것, 늙어 보이는 것에 대한 두려움 - 심지어 한때는 내가 먼저 죽고 싶다는 생각을 한 적도 있다."(『의식은 육체의 굴레에 묶여』-수전 손택의 일기와 노트, 301쪽)고 적혀 있다. 북빈 서점에 들러 산 윌리엄스W. C. Williams의 에세이 「Yes, Mrs. Williams」의 강렬한 표지인 시인 어머니의 멀고 아득한 눈빛까지도 떠오른다.

디트로이트공항에서 몇 시간을 경유하게 되었을 때 D의 어머니는 꼼짝없이 앉아만 있었다고 한다. 몇 번 오가던 경로가 제법 익숙할 만도 한데, 그는 한 번도 움직이는 법이 없었다. 그곳에 앉아 미아를 자처하는 것일까. 그는 군중 속에서 한없이 고독하고 외로운 사람이 되기로 했다. 그 모습이 자꾸 죽은 어머니와 겹쳤다. 여기서 조금 쉬어 가고 싶구나. 집 앞 산책길에도 어머니는 보이는 벤치마다 숨을 훅훅 거리며 앉았다. 멍하니 앉아 시선을 알 수 없던 눈빛. 나는 그 눈빛이 한때 왜 지겨웠나. 재촉하지 말아야지. 왜 나는 그런 생각조차 하지 못했을까.

그해 나와 어머니는 목조로 된 낡고 오래된 주택에 살고 있었다. 어머니의 병환이 갈수록 심해졌고 바깥 환경은 그야말로 독이었다. 우리는 어디든 자유롭게 나가지 못했다. 언니와 나는 어머니에게 치명적인 균과 싸워야만 했고, 정신이 나간 것처럼 집안의 온 가구를 알코올로 닦았다. 돌아서면 가라앉는 먼지는 나를 집요하게 만들기 충분했다. 소독용 알코올을 박스째 사며 안심했다. 두 눈을 부릅뜨고 바닥에 떨어진 머리카락을 하나씩 줍기도 했다. 나는 질병을 받아들였다. 환경에 대한 예민함이 극심해질수록 어머니는 평온했다. 거실을 왔다 갔다 하며 사색에 잠기거나 노래를 흥얼거리곤 했던 어머니와 작은 맨발. 더운 여름, 어머니는 민둥머리였고 소매가 없는 옷을 주로 입었다. 거의 들리지 않는 발소리, 조용한 몸짓들 때문인지 마치 작은 새를 키우는 기분이었다. 초저녁쯤 마스크와 목도리를 두르고 옥상에 잠깐 오르는 게 우리의 외출 전부였다. 어머니가 키우던 화분 몇 그루. 청잣빛 색깔의 여름옷을 입고 선 어머니의 뒷모습. 나비가 근처를 날고 있다. 여러 번 불러도 대답이 없다. 어머니는 나비가 저 멀리 사라질 때까지 뒤를 돌아보지 않는다. 다시 한 번 불러본다. 어머니는 그렇게 뒷모습이다.

뉴욕의 마지막 밤, 이모와 D의 어머니는 일찍 잠들었다. 나와 D는 이야기의 꼬리를 물고 수년 전 함께 전주에서 본 영화를 기억했다. 매년 온 영화제를 같이 가자고 약속했지만, 우리가 함께 본 건 그 영화 한 편이 전부였다. 나는 영화 제목은 까맣게 잊고 있었지만 순간 여자아이가 당나귀의 깃털을 감싸 안고 있던 장면이 떠올랐다. 그 깃털을 한 올 한 올 감싸던 손가락, 처음 본 흑백영화에서 부드러운 살결이 일렁거렸다. 작은 당나귀는 여러 명의 손을 거치는데, 그럴 때마다 당나귀의 눈이 클로즈업됐다. 짐승의 연약한 눈빛이었다. 슈베르트 음악이었을 걸. 그녀는 영화의 엔딩 타이틀을 기억하고 있었다. 당나귀가 죽고 영화는 끝났다. GV에서 그는 여러 번 손 들었지만, 다른 사람들에게 금방 묻혔다. 그건 사랑인가요? 위협인가요? 아니면 둘 다 인가요? 누군가 손을 들고 물었다. 감독은 이미 죽었고, 대신 다른 영화감독이 통역사가 속삭이는 말을 유심히 듣고 있었다. 아쉬워하며 눈을 반짝이던 그의 표정 대신 십자가 위로 자꾸 죽은 당나귀의 눈빛이 아른거리는 것 같다. 우리는 언제부터인가 그들의 연약한 무릎이나 한없이 작아지는 굽은 등에 대하여 얘길 나눴다.

조금씩, 아주 미세하지만 늙어가는 게 보여. 그 등이 우리를 조금 우울하게 만든 건 사실이다. 고아로 자란 D의 어머니는 닥치는 대로 일을 하며 춥고 굶주린 나날을 보냈다고 했다. 여인들의 고통은 계속된다. 낯선 나라에서 트럭을 끌고 밤낮 장사를 하며 생계를 이끌던 이모와도 비슷한 삶이었다. 인종 문제가 아니더라도 멸시와 모욕은 몸 곳곳에서 떨어지지 않았다. 그들은 처참한 상황 속에서 사랑하는 가족을 일구고, 아이들을 구원처럼 믿으며 살아왔다. 이모는 오래전 남편을 먼저 떠나보냈다. 아름다운 음악과 맛있는 음식이 곁들여진 장례식은 삶과 죽음의 축제 같다고 회고하기도 했다. 나는 어렸을 적 미지의 장소였던 그 장례식장을 몇 차례 꿈꿨다. 세 아들은 이모의 뺨에 키스하고 있었다. 어머니를 향한 애정 가득한 포즈다. 검은 옷을 입은 이모는 누구보다 아름다웠다. 관 주위로 정성스럽게 꾸민 꽃을 매만지기도 했다. 남아 있는 사람들도 충분히 행복하게 슬퍼할 수 있잖니. '목소리편지'의 가장 마지막은 그렇게 끝난다. 어린 나는 어머니에게 여러 번 그 뜻을 물어봤지만, 이해할 수 없는 설명만 돌아왔다. 어머니 역시 이해할 수 없었잖아요! 이모의 목소리를 지우고 그 위에 덧입혀 녹음하고 싶은 심정이다. 테이프는 늘어져 이젠 들을 수 없다. 그 위에 나는 두 줄을 죽죽 긋고, '목소리무덤'이라고 썼다. 내가 했던 가장 유치한 행동이었지만, 어쨌든 나는 그 말을 영원히 동의할 수 없을 것 같다.

어머니의 장례식장에서 검은 개량 한복을 입을 때 나는 꼭 수의를 입는 기분이었다. 영정 사진 앞에서 무턱대고 투정하고 싶은 마음을 참으며 흰 핀을 머리에 꽂았다. 옷고름이 여러 번 풀어져서 사람들이 볼 때마다 정성껏 묶어줬다. 다시 풀어지면 누군가 와서 눈물을 닦고 또 묶어줬다. 온몸에서 느릅나무 껍질 같은 냄새가 난다고, 이 옷을 벗겨달라고 어떤 모르는 사람을 붙들고 묻고 싶다. 고인의 명복을 빕니다. 기계 같은 음성이었다. 어머니의 이름이 불리자 창 내부에서 바쁘게 일하는 인부가 카탈로그에서 우리가 고른 빈 유골함을 건네받았다. 윤기가 흐르던 도자기였다. 얼마 후 공장처럼 굉음이 울렸다. 어머니의 영혼이 무질서하게 흩날린다. 앞사람과 뒷사람의 유해가 함께 뒤범벅되어 담기는 것 같다. 그때 모든 감각이 또렷해졌다. 화장터 안에서 빗자루를 탈탈 터는 소리가 들렸다. 순간 유리창이 뿌옇게 변했다. 멍을 지우는 게 최선이었어요. 염포를 살짝 거두며 누군가 말했다. 어머니의 얼굴이 푸른 사과나무 같기도 했다가 붉은 사과나무 같기도 했다. 분골실 근처 아찔한 꽃냄새들만이 염의 공포를 억누를 수 있었다. 천장에 연꽃 무늬를 보고 저기 작은 잎이 꼭 팔딱이는 붕어 같다고 누군가 속삭였던 것 같다. 큰어머니들이 무릎이 닳도록 절을 하고 있었다. 사십구재를 치른 상주사의 목탁음은 귀에 박혔다. 돌아오는 길에 이어폰에서 듣던 노래는 정작 기억나지 않는다. 뒷좌석에 틀어박혀 나무가 되는 꿈을 꾸면 좋겠다고 생각했다. 독경 소리가 기둥에 땀땀이 박히는 것 같다. 어디서 불을 피우는지 눈이 자꾸 따가워서 여러 번 비비고 또 비볐다. 절

입구를 막 빠져나왔을 때 너른 마당에서 흰 개 두 마리가 졸고 있었다. 애도의 마음이 사사로워지고 그 이유는 알 수 없다.

모르기 때문에. 내가 할 수 있는 최선의 답에 한없이 어떤 연유를 달아야 한다면, 그것은 모름에 있으며, 이 무구한 모름은 대체 불가한 상태이자, 바뀔 생각이 없는, 어떤 것이다.

*

> 결국 여름이 될 것이다.
>
> — 에밀리 디킨슨Emily Dickinson

집에 언제쯤 진짜 고목나무를 들일 수 있을지 새로운 고민이 생겼다. 팝업 창 위로 최근 본 쇼핑몰 리스트가 어지럽게 떠다녔다. '진짜 생화'란 글자가 유독 정신없이 반짝거리고 있었다. 장바구니에 넣은 것만 수십 개지만 과연 이것을 구매하게 될지 의문이다. 유칼립투스, 네프로 고사리, 아레카야자잎, 둥근 몬스테라 가지, 이중 어떤 게 문제였을까. 나는 방 안 곳곳 시들 생각이 없는 식물들을 쭉 본다. 시차를 누구보다 잘 아는 그가 미국에서 전화하기엔 조금은 뜬금없던 시간, 부재중 메시지를 받았을 때 나는 조화 잎을 가득 사서 집에 돌아오던 길이었다. 겹겹이 포장된 가지들을 꺼내려다 그만

신문지에 둘둘 만 채로 창고에 처박아뒀다. 매끈한 진짜 같은 것을 보고 싶지 않았다. 언제부턴가 어머니의 추모공원에 갈 때마다 천오백 원짜리 흰 국화 한 송이를 꼭 샀다. 이거 진짜인가요? 꽃장수가 대꾸도 없이 나를 이상한 눈으로 쳐다봤다. 나는 그게 생화인 줄 알면서도 꼭 냄새를 맡아본다. 어머니의 이름이 적힌 팻말 가운데 꽂아놓으면 사라지는 꽃. 분명 공원의 환경을 위해 관리자들이 꽃을 치우는 반복적인 업무였지만 나는 그게 진짜 사라지는 것 같아 좋았다.

보통 때와 다르지 않은 날, 나는 평소처럼 일했고, 잠들었으며, 일어났다. D의 어머니가 마지막으로 디트로이트공항에서 또 멍하니 앉아 있을 때, 나는 어디 있었을까. 이 물음은 수년간 잊고 있던 시를 떠올리게 했다. '케네디가 암살되던 오후에 당신이 어디에 있었는지 말씀해 주시겠습니까?' 테이트^{James Tate}가 쓴 산문시 「케네디 암살 사건^{The Kennedy Assassination}」에서 유일하게 기억나는 문장이다. 그때 너는 어디 있었는지 갑자기 들어선 경관 두 명이 주인공을 채근하며 묻는 말이다. 갑작스러운 질문 하나 때문에 그는 자신의 기억력에 당장이라도 흡입된 사람처럼 모든 기억을 전개해나간다. 가령 기숙사 층수, 유니폼의 색깔, 누군가의 사소한 행동, 어떤 이유로 촉발된 자신의 감정, 쿠바 가게명과 주인 이름, 그와 함께 앉았던 도구 등 그 기억의 두께는 더욱 촘촘해진다. 40년 전 사건이 무색해지는 이유다. 지금 내게 이러한 고도의 섬광 기억이 필요하다. 끈질긴 질문들이 나를 괴롭게 한다면 좀 나아질 것 같다. D의 어머니가 홀로 자전거를 타고 산책하러 나갈 때 나는 어디서 무얼 하고 있었을까. 그가 노을을 보고 일기 쓸 때, 조금 화내거나 예배당에서 혼자 울 때 나는 도대체 어디서 무얼 하고 있었을까. 이 질문은 끝없고, 나는 답을 전혀 알 수 없다.

4. 다시, 8월

감사하는 사람의 마음 속은 영원한 여름이리라.

— 셀리아 덱스터Celia Thaxter

모든 여름을 잔뜩 머금고, 또 모든 여름을 떠나보내는, 막바지에 분주한 8월이다. 집 근처에서 맛이 좋고, 저렴하기까지 한 과일을 샀다. 오천 원에 자두와 복숭아가 스무 알도 넘게 들었다. 문득 "8월에는 저렴했다."로 시작하는 그린Graham Greene의 단편이 떠오른다.(『그레이엄 그린』, 574쪽) 다음 문장은 '가장 중요한 태양, 산호초, 대나무로 지은 술집, 칼립소 음악…'으로 이어진다. 싼값에 누릴 수 있는 산물 중의 하나가 '태양'이라니, 이 단어만으로도 축복이다. 긴 장마가 끝난 직후와 폭염을 직전에 앞둔 하루 이틀은 조금 선선하다. 부지런히 걷고 걸어 집으로 가는 길을 조금 미루고 여름 바람을 맞는다. 이어폰에서는 피터 폴 앤 마리Peter, Paul, Mary의 음악들이 흐른다. 100마일, 200마일… 500마일까지 떨어진 머나먼 노래들. 그리고 이어지는 곡은 딜런의 커버 곡이기도 하다. '얼마나 많은 길을 걸어야 한 인간은 비로소 사람이 될 수 있을까?How many roads must a man walk down Before you call him a man?' 딜런의 1963년 앨범 중 가장 첫 곡, 첫 가

사다. 그 뒤로 철학적인 질문은 계속된다. '얼마나 많은'이란 수사
를 부친 질문들은 얼마나 바다 위를 날아야, 얼마나 오랜 세월을 버
터야, 얼마나 많은 죽음을 겪어야 그에 상응하는 답을 구할 수 있는
지 묻는다. 아홉 가지의 아리송한 질문들이지만 실마리는 결국 하나
다. 제목처럼 '불어오는 바람 속에'Blowin' in the Wind' 답이 있다는 것. 바
람이 불고, 매해 여름이 찾아오며, 여름 오후는 쉬지 않고 저문다.
다시 바람이 불고, 눈을 감으면 어떤 밤 매일 듣던 기차 소리까지 들
려온다. 바람이 불고, 여름을 산다.

짧고 긴 여행을 끝난 날도 태양이 내리쬐는 8월의 어느 아침이었다.
포틀랜드공항으로 가는 길이 미국 동부나 중부 따위로 향하는 여정
이 아니란 게 낯설었다. 어디 멀리 다녀와도 다시 이곳으로 돌아올
것만 같은데, 텅 빈 옷장을 본다. 방문을 닫기 전 침대 위 어느 때보
다 가지런하게 정리해둔 이불 모양새조차 새삼 원망스럽다. '언제
나 여름일 수는 없다It will not always be summer'는 속담, '8월처럼 고독했던
때는 없네'(벤Gottfried Benn, 「더 고독했던 때는 없네」, 『올페의 죽음』,
32쪽)로 시작되는 시구도 떠오른다.

'Central Salem 중심부의 막다른 골목에 있는 매력적인 집! 보너스 공
간은 물론 바로 옆 커뮤니티 풀이 있습니다. 활엽수와 벽난로가 어우
러지는 곳! 여분의 공간을 위해 완성된 지하실도 있습니다! 사과와 감,
배, 무화과 나무가 있는 거대한 울타리 뒤뜰, 내장된 이중 차고, 태양열

패널, 덮인 파티오 등! 아름다운 집입니다!'

부동산 중개 사이트에 소개된 글과 홍보용 사진들은 집이 팔리고
이모가 떠난 후로도 여전히 남아 있다. 여러 장의 사진 속엔 내가 버
디와 누워 놀던 초록 잔디의 정원, 기차 소리가 들려온 긴 직사각형
창이 달린 내 방, 벽난로와 음악이 흐르던 지하 아지트, 데이브의 빨
간 트럭을 팔기 전 날 세차를 했던 차고… 그 모든 공간이 '텅 빈 채'
그대로였다. 새로 안착한 집은 웨스트 세일럼West Salem에 있으며 차
로 십오분 정도 된다고 했다. 나는 차양막과 짙은 갈색의 가드가 품
은 수영장을 생각하고 있었다. 위성 속 덩그러니 파란 물을 머금고
있던 구역. 대개 그 장면은 비슷하다. 이모의 정원 풀밭에 누워 있으
면 파티를 준비하는 분주함 속에 물장구치는 소리가 들린다. 버디
는 펜스 옆에 난 작은 홀에 콧구멍을 집어넣고 옆집에서 흘러든 기
분 좋은 냄새 맡기에 여념이 없었다. 버디를 찾기 위해 가까이 갔을
때 아이들이 뛰노는 트램펄린이 보였다. 버디, 어서! 나는 버디를 부
르고 좁은 울타리에서 가까스로 빠져나왔다. 담장 너머 파란 물빛
이 햇빛에 넘실거렸다. 이모부의 창고에서는 작업 소리가 요란했다.

다시 구글맵으로 웨스트 세일럼으로 향했다. 이모의 말대로 다리
하나만 건너는 가까운 곳이었다. 데이브와 함께 갔던 세일럼공공
도서관Salem Public Library 쪽을 향해 서쪽으로 움직이니 센터스트리트브
릿지Center Street Bridge가 보였다. 그들이 탄 차가 다리를 건너고 있는 것

만 같다. 대신 뒷좌석엔 버디가 보이지 않는다. 아래로 컬럼비아 강의 지류인 윌래밋강^{Willamette River}이 조용하고 세차게 흐른다. 근처에는 규모가 큰 섬의 공원도 있다. 공원이 궁금해 별점이 가득한 리뷰를 펼쳤다. '세일럼에서 길 잃기^{Get Lost in Salem}' 2백 여건이 되는 리뷰 중 가슴을 뛰게 하는 제목을 눌러본다. "집에서 이 섬까지 걸어갈 수 있어. 멋진 여름이 될 거야. Now I can walk to the island from my house. This is going to be a great summer."

헬로우 스윗하트! 이모는 먼데 밀려오는 울적한 기분을 애써 감추는 목소리였다. 짐이 정말 많았겠어요! 버리고 또 버리는 데 오랜 시간이 걸렸을 거라는 뜻이었지만, 나 역시 내심 아쉬운 마음은 어쩔 수 없었다. 개러지 세일^{Garage Sale}을 열었다고 했다. 빈티지 그릇들은 내가 사면 좋았을 텐데요! 나는 어린애처럼 떼쓰듯 속상해했다. 이모는 특유의 밝고 화통한 목소리로 "그래, 네가 여기 있었다면 몽땅 줬을 거야!" 하고 말했다. 나는 안다. 이모의 그 소중하지 않은 것 하나 없는 찬장의 식기들을, 수십 년전까지도 트럭 가득 싣고 밤낮 고속도로를 달렸겠지. 평생 장사를 했던 이모의 야무지고 단단한 손길 덕에 금 가지 않은 것들, 오랜 세월 닦고 닦아 천천히 바래던 것들, 어느 해 안착한 응접실 어딘가에서 빼곡하게 먼지를 머금고 빛나고 있던 유리 접시들을.

환상만으로도 좋다. 이모가 묘사하는 조립식 구조의 새집이 어떤 모양새를 가졌을지. 이제 내가 살던 고즈넉한 그 집은 없겠구나. 깨끗하고 정돈된 거리에 있는 주택단지는 노부부들이 많이 찾는 곳으로 기능적으로 구조화된 게 장점이라고 했다. 거기엔 핸디캡트를 위한 동선과 설치물도 포함된다. 그간 데이브 이모부의 나이를 가늠해보지 않았다. 나는 뭐 대단한 시도인 것처럼 정확히 나이를 세 봤다. 여든 하고도… 어둠 같은 나이다. 이제 개가 없잖니? 이모가 슬쩍 지나친 말도 버디의 오래된 죽음을 처음 상기한 대화다. 가장 묻기 두려웠던 말, 한 번도 먼저 꺼내 본 적 없던 말, 바로 버디의 죽음이었다. 이모부와 함께 늙어가던 반려견, 내 친구, 내 할아버지, 내 말을 들어주던 그 짙은 갈색 충견도 세상을 떠난 지 오래다.

꿈속에서 데이브가 나타났다. 긴 행렬 속 혼자 서 있던 그를 향해 걸어갔다. 키가 크고 조금 구부정한 뒷모습을 바로 알아봤다. 빠르게 천천히, 나를 못 알아보면 어쩌지. 나는 그를 놓치지 않으려고 애썼다. 그의 친한 친구의 장례식이라고 했다. 슬픈 장소에서 우리는 누구보다 기쁘게 부둥켜안고 인사를 나눴다. 나는 웃고 있었지만, 그는 눈물을 글썽이고 있었다. 다리가 조금 아프다며, 그가 잠시 앉고 싶다고 했다. 의자에 앉아 그의 친구를 향한 애도의 인사를 전하는 순간 뺨을 타고 눈물이 흘렀다. 그는 이제 나를 향해 미소 짓고 있었다. 괜찮다고, 말하지 않아도 가만히 고개를 끄덕거리고 있었다. 조금 이따 봐요. 나는 그를 인파 속에 떠나보낸 채 돌아섰다. "서글픈 깨어남, 마음이 찢어지는 듯한 (다정함으로) 깨어남, 텅 빈 깨어남, 순진한 깨어남, 까닭 모를 불안함 깨어남"(『사랑의 단상』, 290쪽)이 몰려든다. 베개에 눈물을 흠뻑 적신 채 잠에서 깼다. 늘 곁에서 걷고 잠들던 버디, 그리고 데이브 곁을 하나둘 떠나가는 사람들. 나는 데이브의 오랜 벗인 노부부 몇몇과 함께한 저녁 식사를 잊지 못한다. 노을이 저무는 게 유독 뜨겁다. 그리고 먼저 묻고 싶은 질문도 있다.

버디에게 어떤 장례식을 치러 줬나요.

오든W. H. Auden의 장례를 노래한 애도시 「Funeral Blues」는 죽은 이를 그리워하는 슬픔으로 북받쳐 있다. 남겨진 누군가에게는 그는 세상의 전부이자 일하는 나날들, 쉬는 일요일, 정오며 자정, 대화이자 노래였다. "사랑은 영원한 거라 믿었지만, 내가 틀렸다."는 행은 밑줄을 긋고 말 걸어주고 싶다. 틀리지 않았음을, 틀린 생각이 아님을, 다정한 손길을 건네며 말해주고 싶다. 어쩌면 내가 읽었던 모든 시와 그 한 줄을 쓰는 순간, 여름의 계절 속에 부르던 노래가 평생 시인이 지키고자 했던 마음을 다한 '의무'였음을. 그 사소하고 일상적인 행동들, 이를테면 잠들지 못하는 밤, 읽는 일, 편지 쓰기, 그리고 산책. 이 모든 몸짓이 누군가에게는 삶 그 자체였음을.

새로 샀다는 최신 기종 카메라 렌즈가 새집 곳곳을 '날아다니듯' 훑고 있다. 이모의 거침없는 손놀림 때문이다. 나는 페인트 냄새가 가시지 않는 창고와 빌트인 수납장을 좀 더 자세히 보고 싶지만 이모의 손길대로 유영하는 저 너머 새로운 공간들을 본다. 정신없이 흔들리는 바람에 이모가 당황한듯 깔깔 웃는다. 다시 갈 수 있겠지. 막연하지만 굳은 믿음만이, 새로운 길의 산책, 여든일곱 살의 데이브가 걷는 그 길, 내가 한 번도 가지 못한 길, 그 길을 따라 걸어 본다. 그리고 다시, 믿는다. 우리는 먼 데 각기 잘 살 거라는 안녕만이 지금 가장 신뢰할 만한 인사임을.

5. 후기

서부의 불길이 몇 달째 계속되고 있다. 글에서 언급하지 않았지만, 데이브의 딸이 살던 마을은 알파카를 키우는 시골 농장이었다. 보드랍고 또 뻣뻣한 털을 만져봤다. 스프링필드에서 우리는 지는 해를 보곤 했다. 뒤뜰로 펼쳐지는 숲과 바람, 천천히 지나가는 구름 같은 것들. 맑고 푸르러 눈뜨기 힘들었던 여름의 오후들.

이제 거기는 일부 사라지는 중이다. 대피령이 내려 마을 사람들이 떠날 채비를 한다. 황급히 떠난 사람들 뒤로 아늑한 터전은 옛말이 되었다. 남겨진 그곳엔 불에 타죽은 동물들, 화염으로 번지는 붉은 나무들이 있을 뿐이다. 새까만 그을음이 이모가 사는 웨스턴 세일럼까지 번져 흩날린다. 타오르는 불이 좀처럼 멈추질 않는다. 이모는 어제도 차고까지 가라앉은 검은 재를 닦느라 바빴다고 했다. 작은 정원에 키우는 식물들이 오래 살지 못할 거라 했다.

시와 영화 그리고 소설에서 본 불은 이제 아름답지 않다. 산불은 생사를 위협하며 지금도 사람들의 삶을 송두리째 바꾼다. 잿더미 속에선 어떤 이야기도 살아남지 못함을, 폐허로부터 수천 킬로미터 떨어진 이곳에서, 가슴 깊이 애도한다.

걷고 보고 쓰는 일

초판 1쇄 발행 2021년 4월 26일

지은이   장청옥 강정화 조다희

편집   김유정
디자인   문유진

펴낸이   김유정
펴낸곳   yeondoo
등록   2017년 5월 22일 제300-2017-69호
주소   서울시 종로구 부암동 208-13
팩스   02-6338-7580
메일   11lily@daum.net

ISBN   979-11-970201-7-9 03810